KUWEI
**酷威文化**
图书 影视

# 紫极舞

藤萍 著

百花洲文艺出版社
BAIHUAZHOU LITERATURE AND ART PRESS

# 目 录

# 引

——红尘旧事，浮生蜉蝣，皆可忘可不忘。

春暖花开，日色和煦，极是暖人的天气。

此时四月十八，正是一年佳时，满山桃花、梨花盛开，种果的农人也正忙碌，桃林、梨林之中都可见人影。

一个人信步走到桃林之中，桃树尚未舒芽长叶，却是满树桃花。看桃花的人二十出头，一身灰色衣袍，袖角有些破旧，身材颇高，微略瘦削，背影看来似是一个踏青游人，但侧面一看，此人满脸胡子，不修边幅，又似一个江湖浪客。

桃林之中，有人吹箫，吹的是一首很熟悉的曲子，叫作《西洲》。

上一次听见《西洲》，已是五年前的事了。那时他在汴京，日子和如今大不相同。那江湖浪客负手静静听那曲子，嗅着淡淡桃花香气，在林中踱步。他虽然衣裳寒碜，踱起步来，却并没有寒碜味儿，甚是舒缓闲适。

桃林里的箫声突然停了，随之响起的是琴声，弹奏了几段之后，突又换成笛声，接着又换为琵琶声，顷刻之间，竟连换七八种乐器，而每一种都弹奏得极尽精妙，深得其中技法。那浪客信步前行，穿过大片桃林之后，是一片空地，空地上摆放着十来件乐器，有琴有箫，有笛有磬，有琵琶有月琴，甚至还有个木鱼。

而十来件乐器之间，坐着个红衣男子，他正斜抱一具古筝，倚靠桃树之下，扣指拨弦，指下之曲仍是《西洲》。见有人走近，他抬起头来，露齿一笑。

那浪客一怔：只见这弹琴吹箫之人面上涂有白垩胭脂，半张脸白、半张脸红，浑然看不出本来面目，如不是青天白日之下，见着之人多半以为见鬼了。那红衣男子也不打招呼，仍懒洋洋地靠在桃树之下，弹他的《西洲》，这一弹便弹了大半个时辰。

那浪客也就驻足默默地听，并不走开。

大半个时辰过去，那红衣男子突然笑道："你不弹奏一曲？"

那浪客淡淡地答："我只会听，不会弹。"

红衣男子抚住筝弦："你听我弹，那不公平，接着！"他扬手把身旁一物掷给那浪客，"啪"的一声那浪客接住，入得手来的，却是那具木鱼。

"敲来听。"红衣男子怀抱古筝，悠悠仰首看天，"忆梅下西洲，折梅寄江北。单衫杏子红，双鬓鸦雏色。西洲在何处……"

"咚"的一声，那浪客当真敲了一记，木鱼之声干净沉静，十分入耳，他突地问道："你叫什么名字？"

红衣男子转过头来："我姓白，叫红袂。"

"为何戴着面具？"那浪客淡淡地问。

白红袖答道：“和你的胡子一样，不愿见人罢了。”

那浪客顿了一顿，突然道：“我姓赵，”又顿了一顿，他才缓缓地说，“叫上玄。”

白红袖道：“有了名字，便是朋友，坐吧。”

上玄当真遥遥坐了下来，白红袖双手一推，“砰”的一声将古筝弃去，从怀里摸出一截更短的笛子，正要吹奏，上玄突然问道：“你可会吹叶？”

白红袖放下短笛，抬手自头上折了瓣桃花，就唇吹了起来，吹的仍是那首《西洲》。

上玄默默听着，过了良久，白红袖一曲吹毕，问道：“你可是想起了故人？”

上玄不答，又过了许久，他说：“曾经有个朋友，很会吹叶，吹得很好。”

“哦？”

“嗯。”

白红袖把玩那桃花瓣半晌，反指扣着被他丢到一边的古筝弦，一弦一声，抬头望天，曼声唱道：“怪新年、倚楼看镜，清狂浑不如日。暮云千里伤心处，那更乱蝉疏柳。凝望久，怆故国，百年陵阙谁回首……”唱到一半，突然“铮”的一声划断筝弦，笑道：“世事一场乱麻，人生不堪回首，不唱了。”

上玄静静坐在一边听，只听他说“不唱了”，慢慢地道：“怪新年、倚楼看镜，清狂浑不如日。暮云千里伤心处，那更乱蝉疏柳。凝望久。怆故国，百年陵阙谁回首？功名大谬。叹采药名山，读书精舍，此计几时就？封侯事，久矣输人妙手……”他停了一会儿，才又慢慢地道，“沧州聊作渔叟。高冠长剑浑闲物，世上切身惟酒。千载后。君试看，拔山扛鼎俱乌有。英雄骨朽……”

他很少说话，此时突然说了下去，"曾有个人，很善弹琴；曾有个朋友，很会吹叶，如今、如今……"

"如今如何？"白红袂悠悠地问。

"如今……"上玄沉默。

上玄盘膝而坐，白红袂靠树而倚，又寂静了一会儿，听上玄开口说："我曾有个妻子，不过她离开了我。"他不知为何提起往事，也许是耳听乐曲，眼看桃花，遇见一个没有脸的过客，不知不觉便说了出来。

白红袂连眼睛都闭了起来，似乎睡着了："哦？"

"她的兄长，逼死了我爹。"上玄慢慢地说，"我要报仇，她说我会后悔。"

"那你后悔了吗？"白红袂睁开眼睛笑。

"后悔了。"上玄答。

"但你再也找不到她。"白红袂笑。

上玄默然："总有一天，会遇见的。"

"哦？我希望你们会遇见。"白红袂悠悠地说。指间那瓣桃花已经开始凋零，他张嘴咬住那粉色的花瓣，突然将它吃了下去。

而上玄站起身来，望了一眼天色，抖了抖破旧的衣袖，就如他方才信步而来，缓步而去，步履之间仍旧舒缓，十分平静。

白红袂看着他的背影没入桃林，红红白白的脸上露出一丝诡异的笑意："没有朋友的人，要做他的朋友，实在容易得很。"他打了个哈欠，倚树睡去，满地箫琴纵横，桃花缤纷而下，景致风雅狂放。

此时若有人往密县桃林以东步行千步，就会看见相邻一片桃林之中纵横着十几具尸首，有男有女，有老有少，有书生有和尚，人人颈上一道伤痕，都是被勒断颈骨而死。若是常走江湖多识得几个人的武林中人看见，定会大惊失色——那十几个死人正是江湖上有名的闲人逸客，号称"胡笳十八拍"的其中十三位。

这十三人有的使琴，有的使箫，有的使笛，有的以琵琶为兵器，当然其中和尚用的便是木鱼，总计有十三种。

现在那十三种兵器都在白红袂身周，兵器上面落满了桃花瓣。

而如果认得是"胡笳十八拍"的武林人胆子再大一点，上前翻看那些尸体的话，就会发现——他们身上除了多了道勒痕，只是没了银两。

显然凶手只是为了劫财，但劫财劫到"胡笳十八拍"头上，委实惊世骇俗了些。拥有能将"胡笳十三拍"一招勒死的身手，若是去劫银楼，想必所得更多。这凶手，除了凶残狠毒，尚有一派狂气，自负非常。

他们是谁杀的？

第一章

桃妖

　　密县冬桃自古名扬天下，传说冬桃冬季成熟，果大无核，十分甜美，历来都是宫廷贡品。密县方圆十里之内便有三四家冬桃客栈，坐落于密县秀苗山冬桃林官道外的一家是其中之一，无论酒瓮、门帘、旗子，乃至杯碗筷子，都刻有"冬桃"字样。

　　今日却是春暖，那满山盛开的桃花，便不是冬桃，只是寻常桃花。每年此时冬桃客栈都很冷清，房客寥寥无几，今年只有一对夫妻，几个浪客。

　　那对夫妻已在这里住了大半年，平日恩恩爱爱。夫妻俩都极少出门，然而出手阔绰，想必都是出身富贵人家。几个浪客来来去去，密县桃花酒远近闻名，也是吸引江湖浪子前来的原因。

　　"嘚儿"马蹄声响，这日冬桃客栈门口来了一行人，领头的是个青衫少年。此人来头不小，乃江南山庄少主江南羽。他身后的几人有老有少，有男有女，个个样貌古怪。老者或为光头和尚，或为赤脚乞丐；女子或妖媚无双貌若青楼之妓，或年逾八十宛如彭祖之妻，看来皆非寻常之辈。

　　"伙计，好生照顾我们的马。"江南羽一跃下马，"各位前辈有请，我已备下厢房，各位先住下用些食物，我们再谈'胡笳十三拍'被杀之事。"

　　同行几人欣然同意，当下牵入马匹，点了酒菜，叫伙计送入天字一号厢房。这一行六人关起门来，不知在房中谈些什么事情。伙计送菜进去，尽听到什么"桃花""腰带""女人"之类的词语，暗想怪了，这男人关起门来谈女人，那老和尚和老太婆也谈女人，世道真是变了。

　　"勒死'胡笳十三拍'的凶器，若非长鞭，就是腰带。"房中那年轻些的女人姓花名春风，早年混迹青楼，而后得逢名师学得一门奇幻鞭法，号称"红索女"。只听她继续道："若是长鞭，少不得要有鞭纹鞭节，看那些人的死状，不像长鞭所杀，颈上留有布纹，像是腰带。"

"是个女子。"那赤脚乞丐姓章名病，是丐帮八袋长老之一，"老叫花子看得出，那是女人的腰带勒的，花纹和男人的大不一样。"

"江湖之中，竟然有这种女子？"江南羽沉思半晌，摇了摇头，"我实在想不出有谁能在一招之间杀死'胡笳十三拍'。"坐在一旁抽着水烟的老太婆突然冷笑一声："不只是一招，是同一招。杀死那十三人的是同一招，都是一样的。"

那送菜的伙计自房中退出，一个转身，撞在一个人身上。"哎呀，是小娘子。"他手里的托盘滑了一下，"咚"的一声撞在那人身上。那人轻呼一声，退了一步，声音盈盈娇软，十分动听。伙计连忙点头哈腰，眼前之人一身红裙，容貌娇美，肌肤如水一般吹弹可破，正是住在楼上的那对小夫妻中的夫人，跟随夫君姓容，常听她相公叫她"红梅"。"小娘子小心，有什么吩咐尽管招呼。"伙计托好托盘，眼角直瞟红梅领口那雪白的肌肤，心里暗道那容相公好运。红梅低声道她只是来提茶水，那伙计连忙道过会儿给她送去，心里又忖她那相公也不像话，比娘子还少出门，无论打水铺床，都是红梅出门，这么水灵灵俏生生一个美人儿，怎不好生怜惜？

红梅道了谢，起身上楼。伙计又忍不住瞄了一眼，这小娘子身段好，样貌好，哪里都好，像煞那诱人犯罪的桃子，让人看得心里怪难受的。伙计正看得想入非非，身后突然有人道："小二，半斤牛肉，两个馒头一壶酒。"吓得他一个激灵，猛地回头，却是前两日才住进房里的穷客人，胡子不修，身上没两个钱，看了就令人生厌。

　　这样貌落拓的客人自是上玄，正在说话之间，楼上突地传来轻微喧哗，似是有女子在哭。那伙计心里不免对那"容相公"的祖宗八代都无礼了两三回，方才赔笑道："楼上两口子吵架，公子你要什么？"上玄也不在意，正要开口，突地楼上"咚"的一声，一个红衣女子自楼梯跌落下来。他吃了一惊，本能抬手一接，一阵桃花般的温柔香气掠过鼻端，摔入怀中的女子眉若春山，肌肤娇柔，纵然是他也很少见如此娇美的女子。

　　那女子眼角尚有泪痕，强作欢笑："没……没事，多谢公子了。"说罢自他身上挣扎而下，盈盈扶墙而立，似乎扭伤了脚踝。那伙计心里大是怜惜，对上玄斜眼一看，甚是嫉妒。便在这时，楼上厢房的门开了，一个白衣书生走了出来："红梅、红梅？"

　　那红衣女子低声道："我没事，自己摔倒了，不关……不关你的事……都是……都是我自己不好。"娇柔语声入耳，那伙计胸口热血沸腾，恨不得将那白衣书生卤成五香牛肉然后论斤贩卖。那白衣书生静了一静，淡淡一叹："成婚以来，是我对不起你。"

　　"不不不，一切都是我心甘情愿的，只要你陪着我，什么都……什么都……可以。"红梅柔声道，"你打我也可以，骂我也可以，我都喜欢。"白衣书生皱起了眉："我自不会打你骂你。"红梅眼圈微红，低声道："我却宁愿你打我骂我，也胜过了……也胜过了……你不理我。"

　　正当那伙计越听越恼，恶向胆边生，暗忖夜里非将这白衣书生卤了不可之时，上玄听着那白衣书生的音调，越听越疑。那白衣书生自门口拾级而下，一步一步往红梅身前走来："我不会不理你。"上玄猛地看见一张雪白清俊的面容，全身一震，大叫一声："你——"

那白衣书生骤然回头，上玄纵然胡须遮面，业已脸色惨白如死："你——你——"

那白衣书生脸上刹那间也不见了半分血色，笔直站在上玄和红梅之前，仿佛化作了一尊石像。

这红梅痴恋的"夫君"，薄情寡义的郎君，竟然就是上玄苦寻的妻子，这几年他漂泊江湖始终找寻不到的容配天！

她怎么会娶了"妻子"，住到这偏僻的冬桃客栈中来？她明明是个女子，怎会娶了红梅？上玄心里惊愕异常："配天你……你……"

那白衣书生僵了那么一瞬，随即淡然："在下姓容，名决，并非阁下所称之'配天'，阁下认错人了。"红梅也是满脸惊讶，拦在容决身前："他是我相公，我们……不认识你。"

上玄牢牢盯着那张雪白素净的脸，目不转睛地看着"容决"拥着红梅上楼。那伙计悻悻然看着他："客官，您不是要牛肉吗？下去吧，别在这里干瞪眼，丢人啊。"一句话未说完，乍然那客人一双冷眼电般扫了过来，伙计心头打了个突，暗忖这客人也不像是好惹的，还是早点溜了算了。

"刚才那人，是你的朋友？"红梅柔声问。

容决不答，却淡淡地问："方才怎么会摔下去了？"

红梅俏脸微红："你已经一天没有和我说话，我想……我想试试看你会不会心疼我。"她低声道，"如果有一天我死了的话，你会不会想我？会不会一辈子都……记得我？"

容决皱眉道："胡说八道！你怎会死？"

红梅幽幽一叹："怎么不会？是人，都要死的。"她眼珠子一转，嫣然一笑，"差点被你逃掉，刚才那人，是不是你朋友？"她伸手环住容决的脖子，在"他"耳边柔柔地吹气，"告诉我，好不好？"

容决微微一滞："他……"

"他没认错人，你认得他的，不是吗？"红梅轻轻吻着容决雪白的颈项，姿态妩媚，"决……你有好多事……瞒着我。"

容决一手将她推开，淡淡地道："你也有事瞒着我，不是吗？"

红梅双手将"他"牢牢抱住，与"他"发鬓厮磨，喃喃道："决，只要你天天和我说话，无论你有什么事瞒着我，我都不在乎……不管要我做什么，我都心甘情愿……"她伏在容决背上，呵了一口气，"我爱你。"

容决僵了僵："放开！"

红梅深吸一口气，将他放开，泪盈于睫，却是要哭了。

"你……总之，是我对不起你。"容决目中显出黯然之色，"你……你……休息吧。"

红梅默默无言转入房中休息，容决默默立于门前，一心之乱，不下于千针万线，并且是针针入血入肉，彻骨疼痛。


配天居然化身男装，还娶了妻子。上玄下楼之后，食不知味，木然吃完了桌上的牛肉和馒头，伙计牛肉短少斤两，没有给他上酒他也不知。

坐了没多久，陡然听门外"砰"的一声震响，几个窗边的酒客探头一看，魂飞魄散，都叫："死人！死人！"

那伙计奔出门去看，却见一个人摔死在地，血肉模糊，单看那人身上穿的衣服，却是刚刚进门没有多久，和那青衣公子同行的那个老叫花子！他心头骇然，口中惊叫："哎呀，这……这……"一抬头，只见人影缤纷，一瞬间在二楼闭门密谈的几人已都在眼前，也不知是从哪里出来的，只见人人脸色惨白，面面相觑，有个老太婆咬牙切齿："好辣的手！"

原来江南羽几人正在房中讨论"胡笳十三拍"被杀之事，讨论来讨论去，谁也说不出个所以然来，而后都静了下来，各自用餐。正在片刻之前，突然有个人影自窗前晃过，那身影疾若飘风，妖魅如鬼，老叫花子眼尖，立刻破窗追了出去。谁知道不过一瞬之间，老叫花子章病就骤然坠楼，气绝而死。这凶手难道当真不是人，而是鬼魅不成？

"红索女"花春风走近一看章病的尸体，脸色一变："一击夺魂。"

江南羽脸色铁青，他邀请武林同道共同商议"胡笳十三拍"桃林血案，结果事情尚未开始，便又死一人，这凶手分明在向他挑衅。章病是被人击中头颅，脑浆崩裂立刻毙命，这等掌力，世上能有几人？而这凶手又如何知道他们业已来到冬桃客栈，如何能够立即杀人——莫非，那凶手也在客栈之中？

"江贤侄，我看先前老叫花的猜测不对，这等心狠手辣，这等掌力，绝非女子所能。这杀人凶手是个狂魔，也是个疯子，但多半是个男人。"那光头其实并非和尚，只是穿了件僧袍。他还娶了两个老婆，和江南山庄庄主江南丰是二十年的交情，号称"秃雕"王梵。

"难道世上只许有杀人如麻的男人，就不许有杀人如麻的女人？"那老太婆姓柳，年轻的时候叫柳盛儿，如今年已七十有九，仍旧叫作柳盛儿，正是"秃雕"王梵的妻子，比他大了十岁。

"你们注意到没有？章叫花子不是一掌毙命，让他脑袋开花的，不是手……"花春风看着章病，脸色一分一分变得惨白，"是脚。"

江南羽全身一震，章病是被人一脚踢中头颅而死，鲜少有人这般杀人，这凶手果然狂妄，而且功力深湛，举手投足都有巨力。他想了一想，突然脱口而出，颤声道："如此武功，莫非……莫非是'衮雪'？"

其余几人一齐点头，王梵沉声道："如此武功，若非'玉骨'，便是'衮雪'！"

号称"秋水为神玉为骨"之"玉骨神功"，和"衮雪神功"并称当今武林两大禁术，传说两种奇功同时出世，江湖必有劫难。这两种武功练成之后都有开山劈石的力量，而且修习和施展都极易走火入魔，百年来在此二功上入魔的人不下千百，如是方被列为禁术。两年前祭血会军师唐天书修习此功，却在即将练成之际死于"鬼面人妖"玉崔嵬手下，此后便未再听说有人练成过，难道这凶手拥有衮雪或玉骨的不世奇功？

上玄坐在桌边，静静听着门外的惊骇之声。门外众人讨论之声，句句都入他耳中，他突有所觉，抬起头来，却见容决和红梅站在楼梯口。红梅满脸惊骇地往外张望，容决一双眼睛淡淡地凝视着自己。他看了容决一眼，骤然拍桌一击："小二，拿酒来！"

门外吓得魂飞魄散、口角流涎的伙计连滚带爬地进门，奔入厨房去打酒，现在只消不让他看着那死人，他什么都干，叫亲爹都行。

酒很快上来，上玄一口喝干壶中的酒，拍了拍桌面空旷的一角。

容决和红梅走了过来，坐在他身旁。

红梅脸有惊恐之色，容决眉头微蹙，低声缓缓道："你还不走？"

上玄突地一笑："人又不是我杀的，为什么要走？"

容决凝视着木桌许久，方才一字一字道："我只知世上只有你练有'衮雪'……"

此言一出，无异已承认她是容配天，只听她继续道："你若在此，不是凶手，也是凶手。"江南羽几人认定凶手若非练有"玉骨神功"，便是身负"衮雪神功"。赵上玄练有衮雪，世上知道的人并不多，但一旦让人发现，就是跳进黄河也洗不清杀人嫌疑。

"我为何要走？"上玄静静地道，"你在这里，我为何要走？"他看向红梅，"我不知道配天是如何娶你的，不过她对你冷淡，那是因为她是女子，而并非男人。"他伸手握住容配天的手，语调很平静，"她是我的妻子。"

红梅盈盈粉泪坠下："我……我……"容决却浑身一震："你的妻子早已死了，我绝非——"却听红梅低声打断："我其实早已知道，决不是……决是女子，只不过……只不过宁愿不知。"她语调似乎平静得很，眼泪一颗一颗如断线珍珠般往下滑落，"我爱容决，我爱'他'……所以嫁给'他'，所以陪'他'住在这里，就算'他'不和我说话，不看我，我也心甘情愿，只要能陪着'他'……"她泪眼婆娑地抬起头来，"只要能陪着'他'看着'他'，我不要'他'是女子，所以我不知道'他'是女子，只要'他'是容决，我就爱'他'。"

容配天低声道："我知是我当年女扮男装，误了你一生，可是……"

红梅凄然："可是当年是我非你不嫁，不是……不是你的错，当年不能嫁你，我宁愿死。"

容配天不再言语，闭上了眼睛，眼睫颤抖。上玄伸过手去，握住她的手，只觉她手掌冰冷至极。容配天颤了一下，没有挣开，上玄手掌的温度如烈火般传到她的手腕上，只听他断然道："她是我的妻子，不管她与你究竟是怎么回事，她是我的人！"

红梅一震，满头散落的乌发飘了一飘。上玄目光牢牢盯着容配天："还记得吗？那天你说我定要后悔？"

容配天脸色苍白，唇角却微微露出了一丝嘲讽之意。"记得，你说'赵上玄永不言悔。'"接着她又闭上眼睛，"从小到大，你一直是那语气。"

上玄的目光突然掠起了一丝狂意，那点狂就如荒芜已久的原野上空刮起了一阵直上九霄的风，死寂的旷野突然飘起了一片枯黄落叶直逼明月，真实得令人害怕。"要是我早已后悔了呢？"

"你悔与不悔，与我无关。"容配天淡淡地道。

"你悔与不悔，与我们无关。"红梅也低声道，"如今我只知……决是我夫君，其他人事，我……我……一概不理。"她抬起头来，看着上玄，那双眼睛泫然欲泣，楚楚可怜，"你走吧。"

"砰"的一声，上玄拍案而起，轰然声中，那木桌如遭火焚，刹那之间四散碎裂，焦黑如炭，他森然道："你一日是我妻，这一生一世，不管你为人为鬼，都是我妻！"

容配天见他击裂木桌，脸色微变，眉宇间掠过一丝怒色："你——好话不听！红梅！"她身边的红衣女子随即抬头应是，只听容配天冷冷地道，"我们走。"红梅脸上泪痕未干，破涕为笑："我们走。"两人携手上楼，不再回头。

上玄眉间亦有怒色耸动，他突一侧目，只见身边人影缤纷，方才站在屋外讨论章病之死的那些人都已到了身边。人人目视那粉碎的木桌，脸色大异。他转身注视江南羽，江南羽心头一跳，强行定神："好功夫！"

上玄淡淡看了他一眼："让开！"

江南羽心里虽惊，却不能相让，衣袖一抬："这位兄台好功夫，敢问师承何处，又为何和这区区木桌过不去呢？"

上玄自幼娇生惯养，本来性情狂妄，目中无人，这几年漂泊江湖，心灰意懒，当年脾气已消沉了很多，听江南羽如此说，他也不生气，"啪"的一声自袖中掷出一物，落在另一张桌上。"打碎一张木桌，不犯王法。"他淡淡地道，自江南羽几人中间走过，身法极快，不知如何一闪而过，业已到了门口。

江南羽几人一掠桌上那物，心下又是一惊：那是一板黄金，却既非金锭，也非金叶，而是一片方形扣玉的板，三指来宽，三指来长。玉在中间，玉色润泽，晶莹剔透，黄金围边，其上镂有云纹，四只似豹似虎的怪兽低首耸肩环绕中间的碧玉。此物雍容华美，绝非寻常人所能有。江南羽脸色微变，旁人或看不出那是什么事物，他出身富豪之家，却认出那是腰带中的一截，但是什么人，竟能以黄金碧玉为带？眼前此人，究竟是什么来历？

"站住！"柳盛儿和王梵双双喝道，出手如风，两人四手，已抓中了上玄的肩头。他们骤觉手下肌肤炽热如火，骇然双双放手，跃回客栈门口，只见上玄脸上毫无异色，略振衣裳，又待转身离开。便在此时，江南羽一剑出手，往上玄腿上刺去，他这一剑不取要害，以示客气："这位兄台请留步。"

上玄心头火起，待江南羽一剑刺来，他左手后挥，猛地一把抓住剑刃，只见他功力到处，青钢剑"刺刺"作响，进而通红，如遭烈火焚烧。江南羽大骇弃剑，跃回和王梵几人并肩而立，面面相觑。几人心中均想：如此武功，一招而杀"胡笳十三拍"

绰绰有余，多半是不会错了，杀死"胡笳十三拍"和章病的凶手，便是此人。只是他武功太高，我等当约齐武林同道，一并诛之才是。又有人想：他现在要走是最好，万一他要杀人灭口，我等几人落荒而逃，未免不美。

如此一想，上玄要走，江南羽几人竟无人敢拦，眼睁睁看他缓步而去，走得既不快，也不慢，步履之间，却无半分急躁慌乱之态。

待上玄走后，江南羽伸手拿起桌上上玄掷下抵债的碧玉黄金带，此物定有来历，若不是他抢来偷来的，说不定能从这块黄金上查出此人的来历。正在思虑之间，突地鼻中嗅到一股焦味，不觉抬头一看。"呼"的一声有一物仰天跌落，他本能地伸手接住，"咚"的一声入手沉重至极，却是冬桃客栈的掌柜。只见他骇然指着屋顶，结结巴巴地道："起……起起起起起起……"江南羽问道："起什么？"那掌柜道："起火了……妖……妖怪杀人放火了……"

"妖怪？"花春风几人异口同声问，上玄刚刚走出门口，绝无可能突然上楼放火，这失火之事，可疑至极。

"你看到什么了？"王梵皱眉问。

那掌柜的惊魂未定，手指楼上："楼楼楼……楼上，有个妖怪杀了伙计阿二，用菜油放火烧……烧我的房子……"原来他和伙计阿二见楼下打斗，躲到楼上以免有大侠一个失手，事情不妙。突然"砰"的一声，阿二飞身而出，狂喷鲜血，他也被人提了起来，自三楼扔下。摔下之时他见到有人鬼影一样从楼顶晃过，随即大火烧了起来，那定是有人放火。

江南羽放下掌柜，奔上三楼，只见伙计阿二背后一个鞋印深可入骨，几乎踢穿了他的前胸后背，脚力之狠，不下于方才杀死章病那一脚，显然乃同一人所为。他心里震惊那凶手心狠手辣，撩起衣角蹲下一看，那鞋印踏在衣上的部分清晰可辨，以绣花纹路而见，分明是一只女鞋。

这连杀两人放火烧屋的凶手，真的是一个女人不成？江南羽骇然立起，难道其实凶手并非刚才离去那人？但那人武功高得可疑，世上武功如此之高，能如此随心所欲杀人的人，难道竟有许多？正在他疑惑之际，突见几片东西在烈火中翩翩飞舞，很快被烧得枯萎，落进火海，却是几片桃花花瓣。

只有女人，才喜欢桃花。

那凶手真是一个女人？杀"胡笳十三拍"或是为了劫财，杀章病或是为了立威，那么杀这冬桃客栈的伙计阿二，又是为了什么？放火烧屋，更是为了什么？难道她竟是没有原因，见人就杀不成？

江南羽站在阿二的尸身旁，苦苦思索，满脸疑惑。

大火燃起，容配天和红梅跟着几个房客一同下楼避火。慌乱之中，不知是谁在红梅身上撞了一下，她轻呼一声，一个踉跄，容配天伸手一托，两个人平平掠起，离地寸许，掠出了起火的客栈。跟在两人身后的王梵心里一奇，这对小夫妻功夫不错，冬桃客栈藏龙卧虎，莫非杀死章病和阿二的凶手，当真另有其人？他回头看了江南羽一眼，却见他目露奇光，呆呆地看着容配天的背影，心里又是一奇，暗想这江少公子不看女人看男人，倒也奇怪。

容配天和红梅两人出门之际，江南羽偶然一瞥，瞧见了容配天的容貌，觉得甚是眼熟，只是却想不起来和谁相似。冬桃客栈的厨子伙计逃到门口，惊魂未定，突然"咦"了一声，只见空中桃花瓣缤纷飘扬而下，被烈火所焚，点点火焰空中飞舞，煞是奇观。

"哪里来的桃花……"那厨子呆呆仰首，众人不知不觉跟着他抬头，烈火强风之下，桃花瓣不住自浓烟中飘起，不消片刻，就已吹完，那点点焰火不过刹那间事，瑰丽的奇景仿若一梦。花春风缓缓地道："谁……拾了一袋桃花瓣……"

哪个房客拾了一袋桃花瓣，且都已片片干枯透明，大火烧破了窗户床榻，风把干透的花瓣吹了出来，才会起火。

各人鼻中都嗅到一阵淡淡的桃花香，心里暗想那人拾了这许多花瓣不知花费多少时间，又是多么空虚才会收起这许多花瓣又全都压干。年长的只是诧异，年轻的不免浮想联翩，痴痴出神。

# 第二章

# 红梅

容配天和红梅携手走入冬桃客栈外的桃林。红梅垂首跟着容配天走，背影娇美柔顺，却见容配天微微一顿，低声道："红梅。"

"决……"红梅抬起头来，脸色苍白。

"这几年和你做假夫妻，是不忍告诉你我是女人。"容配天慢慢地说，"既然你已知道……我们……就此别过。"她拱了拱手，颜色依然雪白清俊，"我姓容，名配天，世上从来没有容决此人，对……不起……"

"如果……如果……如果……"红梅低声道，顿了一顿，"决，因为我们都是女子，所以不能做夫妻吗？"

容配天微微一怔："当然。"

"如果……如果我不是女子……"红梅的眼眸自下而上慢慢看向容配天的眼睛，说不上是带着恳求或凄然，"是不是就可以在一起？"

"不是。"容配天答得斩钉截铁，没有丝毫转圜的余地。

"因为——不管他到底是怎样不明白你的心，怎样伤害你，你爱他……"红梅低声道，"你走了是希望他留你，你对他冷淡，只不过希望他在乎你，他能哄你……"她眼中突然充满泪水，"我和你在一起两年了，你从来没有对我生过气，发过火，从来没有……你装得那么冷淡，其实不是那样的，就算你上了楼，还是通过窗户看他，你……你那么期待，他却半点也不明白。"

容配天乌黑的眼眸中突然浮上了一层蒙眬之色，她口齿动了一下，终究什么也没说，沉默以对。

"这几年，你不喜欢到处游荡，每次都喜欢在一个地方住很久，其实你一直在等他回来找你。"红梅深吸一口气，继续道，"从你离开他的时候开始，你就没有打算离开他，只是一直在等他找你回去。可是……可是他……根本不明白，他以为你真的要走，他以为你要走留也留不住，所以根本不留你。决，几年了，他根本不曾认真努力地找过你，只是不住地自怨自艾。这样的男人，为什么你还不死心呢？每天……每天你都有期待，每天你都希望他能后悔能尽全力找到你，对你说些话，不管说什么都好，可是他就算找到你也是偶遇，就算说后悔了也根本不知道他后悔了一些什么！甚至连后悔都说得那么自以为是令人讨厌，他……根本不配你对他那么好……他根本感受不到……决，放弃吧，天下之大，会有人把你当宝，会有人心甘情愿为你做牛做马为你发疯为你死——你，不要再想着他了。"

容配天的眼色在恍惚之中变得温柔，眼角有泪，缓缓顺着脸颊而下："红梅，如果知道不值就能不想，你何苦为了容决，骗自己……"

红梅呆了呆，容配天环住她的颈项，如抱妹子那般抱住了她，淡泊而带苦涩的声音温润地响在她颈侧："早就忘记为什么那么在乎，也不明白他究竟有什么好，可是就是会想他，想到他根本不会像你想他这样想你，想到你昼夜不眠地想他而他根本不知在做些什么，或者早已将你忘了，就比死还痛苦……红梅、红梅，你之爱容决，你之恨容决，你每日生气，你假装出走，你跳下楼梯，难道……不是这样的吗？如果能改的话，我一定早已改了，而你也是。"她缓缓推开红梅，望着她的眼睛，"这样的日子，让人很讨厌自己，生不如死……"

红梅怔怔地站着，反手用力搂住了她："我不讨厌你，也不讨厌自己，我愿为你，做世上任何事。"她说这话的时候，语气倒是十分认真。

"我不要谁为我做世上任何事，我只不过希望……"容配天闭上眼睛，却不再言语了。

"希望什么？"红梅低声问。

"希望——哪一天，从梦里醒来，能觉得是幸福的。"她轻声道，"能不伤心。"

"他不值得你伤心，决，他真的不值。"红梅突然尖叫一声，"我要杀了他！"

容配天微微一震："红梅！"

"他……他……"红梅浑身颤抖，伏在她肩头放声大哭，"他若是不把你当宝，他若是不像你对他这样对你，我要杀了他！"

容配天又是一震，心里甚是感动，低声唤道："妹子。"

红梅却哭得昏天暗地，就如说出了这句话她伤心得无以复加，根本无心再听容配天说些什么。

两人在桃林中相拥而泣，浑然不觉，一群粉色长蛇正从两人脚边簌簌爬过，只是片刻之间，这桃林落叶之上竟密密麻麻爬满了斑如桃花的蛇，数目之多，不下于千百。

"小心！"远处有人轻喝，"那是红珊瑚！"

容配天和红梅转过头来，只见江南羽几人急急赶来，大呼有蛇，红梅"哎呀"一声，花容失色，容配天护着她步步后退，千百粉色花蛇将她二人团团围住，咝咝有声。

"两位勿动，这红珊瑚全身剧毒，沾上之后伤口溃烂，不能愈合，千万小心了。"江南羽几人站在蛇阵边缘，喝道，"是什么人驱使毒虫伤人？"

"嘿嘿嘿，半日不见，江公子忘性很大。"三个个子奇矮的秃头在桃林中一晃，表情严肃，姿态翩翩地落于桃花之上，说不出的滑稽可笑。其中稍高的一人冷冰冰地道："昨日和各位高人在路上遇见，江公子对我三弟笑了一笑，我三弟虽然身材矮了些，却也是风度翩翩……不知江公子对我三弟这么一笑，是什么意思？"他刚刚说完，个子比他矮些的一人也道："不知我三弟有何可笑之处，江公子定要向我兄弟解释清楚。"那个子最矮的矮子很快又接下去说："在下虽然矮，但种花吹笛、歌唱舞蹈、诗词歌赋、琴棋书画无所不精，不知江公子要和在下比一比吗？"

江南羽目瞪口呆，他是不是曾对这矮子笑了笑？自己回想并无印象，多半乃误笑，当然更没有嘲笑之意。昨日众人骑在马上，比这曾家三矮都高了半个人身，只怕根本没有看见这三人，怎知今日他们找上门来，定要自己解释为何对曾三矮笑了笑？他暗自忖道：只怕说未曾见到，这三人更要大怒，却要如何解释才好？他只得尴尬一笑，正待说话，那曾家三矮突然跳起，齐声指着他的鼻子大骂："你又笑了，到底我兄弟有何可笑？"

江南羽苦笑，本待说话，却已不知说些什么好，身边花春风几人表情怪异，面上似笑非笑。这曾家三矮在江湖上名声不响，但驱赶这等怪蛇，隐身林中竟未被人发现，却是有真才实学，倒也不敢轻易得罪了。便在这时，桃林中被红珊瑚围困的红梅嫣然一笑："三位英雄本就很矮，矮倒也不是错，只是三位如此耿耿于怀，让人笑一笑都不行，未免太过小气，生生让人小瞧了。"

王梵喝了声彩，柳盛儿一双老眼将闭未闭，冷冰冰地道："说得很是。"江南羽心道这位姑娘胆子倒是大得很，身处蛇阵之中，犹敢说这等话，难道她不知只要曾家三矮一声令下，她便求生不得、求死不能？只听曾家三兄弟一声口哨，地上的红珊瑚蠢蠢而动，红梅一声惊呼，容配天双手将她横抱起来，那些粉色长蛇很快涌来，爬上了容配天的鞋子。

江南羽喝道："曾家兄弟！你我素无仇怨，即使江某无意中做了些令贵兄弟不快之事，也不必伤及无辜，快将蛇阵撤了，我和你斗琴棋书画便是！"他的青钢剑刚才被上玄一招损毁，手中没有兵器，也不敢贸然去动蛇阵。正在呼喝之间，只见容配天退了一步，飘然一个转身，潇潇洒洒甩掉了沾到鞋上的红珊瑚，横抱红梅，上了一棵桃树。几人心里一怔，都觉奇怪，要说一个人一转身上树不难，抱着百来斤重的另一个人，仍要这么行云流水地上树，那可难得很，何况红梅虽然体态娇柔纤细，但个子高挑，绝非身轻如燕，这位相公的武功着实不弱。

但在瞬息之间，红珊瑚顺树而上，极快地逼近了容配天落足的桃树。容配天双手抱人，就算她有法抵抗，也施展不出，只得顺势下地，换了个地方站着，那蛇阵很快聚拢，又围了过来。曾家二矮脸有得色："我三弟的红珊瑚即使不伤人，也能把人活活累死，即使逃到天涯海角，只要我三弟没有喝止，它们就会追到天涯海角，至死方休。"

江南羽见容配天始终在蛇阵围困之中，心里大是歉疚，叫道："这本是你我恩怨，岂可连累他人，我连这位兄弟的姓名也不知，你叫蛇阵围住他们，实在是抓错了人。你叫蛇阵围我便是，快放了他们！"花春风和王梵几人却心下都有疑虑：这白衣人武功不弱，他怀里的女子胆色过人，住在冬桃客栈之中，怎知和凶手没有干系？更有人想以蛇阵一逼，到绝境之时，说不定又自有变，因而都不说话。

曾家三矮一声口哨，红珊瑚蛇头猛涨，数百张蛇口张开。那蛇口中毒牙并不突出，却骤然喷出一股粉色雾气，咝咝有声。雾气之中，桃花纷纷凋零，就如突然下了一场桃花雨。容配天脸色微变，她跟着容隐虽然练了武功，但是除了和容隐过招，一生动手机会极少，这许多蛇一拥而上喷吐毒液，委实是有些不知如何是好。但她毕竟是容隐之妹，心里微微一慌，纵身而起，双手一托，把红梅向江南羽掷去，自己加势下坠弹身向曾家三兄弟扑去。这一纵一托一转一扑，仍自从容有余，当下人人喝彩。江南羽接住红梅，只觉手臂一沉，这女子比他想象的重了一些，抬头看时，只见容配天手掌劈向曾三矮的秃头，曾三矮大喝一声挥掌上抵。江南羽一瞥那手掌，大吃一惊，失声道："潘安掌！"王梵更是震动，柳盛儿"啊"了一声，尖声道："潘安掌！"尖叫声中，容配天一掌堪堪和曾三矮相抵，突然"砰"的一声，曾三矮如皮球般的身体斜飞三丈，笔直掠入红珊瑚蛇阵之中，"咚"的一声秃头向下插入桃林泥土之中，两脚向天。

江南羽放下红梅，既是害怕，又是好笑，只见方才曾三矮站的地方站着一人，灰袍破袖，正是上玄。他左手托住容配天，右手方自缓缓收了回来。正是他陡然插入，一掌将曾三矮震得斜飞三丈，栽入蛇阵之中！曾一矮和曾二矮齐声道："潘安毒手，天下奇丑！"两人手掌一伸，五指和曾三矮一样古怪扭曲，正是江湖中闻之变色的"潘安掌"！此掌击中人之后，能令其筋骨萎缩，肌肉扭曲，骨骼畸形，相貌变得奇丑无比，最是恶毒，而修炼者也必先被这毒掌毒得奇丑无比。

上玄和曾三矮对了一掌，浑若无事，无论何等剧毒，在他"衮雪"掌下也都早已化为飞灰。他轻轻将容配天放下，曾家二矮在他眼中恍如不见，他眼里只看容配天，伸手握了握她的肩头，手下肩骨纤细单薄，让他痛彻心扉。几年漂泊离索，相隔这许久之后，他终于又抓住了她……容配天缓缓别过脸去，格开了他的手。他终是来了，她心里松了口气，毕竟他还是关心她，只是这么多年的冷淡漠视，她无法原谅他。

在旁人眼中，却见上玄目光炯炯地盯着那"白衣男子"，似含深情地握了握"他"的肩，那"白衣男子"一手格开他，脸色冷漠。江南羽几人心里不免暗道：难道他竟有断袖之癖？正自惊奇，身边那红衣女子红梅目光幽幽，低声叹了口气，却是幽怨到了十分。

"我等兄弟和江公子说话，与阁下何干？"曾一矮厉声道，"莫要以为自己有几手古怪功夫，就可仗势欺人！你把我三弟怎样了？"他见上玄如此了得，却也不敢抢先动手。

旁人都是心中冷笑：不知是谁有几手古怪功夫仗势欺人？却见上玄目视容配天，半点火气也未动，连眼角也不往曾一矮瞟上一眼，淡淡地道："我便是仗势欺人，如何？"

"扑哧"一声，红梅突然笑了出来。王梵道："说得好！"江南羽也忍不住莞尔一笑，心里对上玄的狐疑少了一大半，此人倒也不令人生厌。

曾家兄弟最恨别人嘲笑，见状大怒，两人指掌齐上，一人打脸，一人攻鼻，这"潘安掌"十招有九招往别人脸上招呼，用心毒辣至极。上玄学成"衮雪"以来，甚少和人动手，平生也极少和人做性命之搏，如果曾家二矮堂堂正正和他动手，多半还能打个一两百招，上玄方能领悟御敌之术，但曾家二矮偏偏要打脸抓鼻。这等无赖招式上玄生平应付得多了——在京城之时，便有一人，与他见面不是要摸脸拧鼻，就是要搂搂抱抱，经历得多了，对曾家二矮这等身手自是熟练，当下闪身一绊，曾一矮只觉脚骨一痛，摔倒在地大声惨呼，曾二矮眼前一花，突然身子离地被人生生提了起来，只听耳边有人淡淡地道："刚才你说那些蛇要把人活活累死，是吗？"曾二矮魂飞魄散，"我……我……"上玄断然道："掌嘴！"曾二矮提起手来，尚在迟疑，突觉颈后一阵剧痛，骇然之下连忙噼啪掌嘴，接着颈后一松，"砰"的一声大响，一阵天旋地转，两腿蹬了蹬，才知自己也如三弟一般被他掷到泥土之中，连忙将头拔出，顿时眼冒金星。

此人武功之高，实在不可想象！江南羽见他将曾家三矮或踢或掷，手到擒来，心里骇然至极。突见上玄将曾三矮从土里拔了出来，提在手中："方才是你说要和他比琴棋诗画？"

曾三矮点了点头，尚在头昏，有些糊里糊涂，突然"扑通"一声股下剧痛——他又被上玄凭空掷了过来，丢在江南羽面前，只听他冷冷地道："比吧。"

比吧？江南羽瞠目结舌，不明所以。却见容配天转身而去，上玄默默看着她的背影，顿了顿，跟着离去。红梅轻呼一声，也跟着追去。刹那几人便都走了，留下众人面面相觑。过了好半晌，王梵才道："嘿嘿，'衮雪神功'！"

江南羽点了点头，却不知说什么好，上玄确是身负"衮雪神功"，但看他言行举止，性情狂放，却不似滥杀无辜之辈。正在发愣，花春风突地尖叫一声："那些蛇！"柳盛儿闻声转头，却见桃花林内，花瓣委地，四下寂静，方才那些嗞嗞作响的蛇，竟全然没了动静！

江南羽大步走入林内，一看那些蛇，变色道："全死了！怎会——'衮雪'再强，也绝无可能在一掷之间就将数百条蛇一齐震死！绝无可能！何况……"

"何况他丢入林里的是人，不是暗器火药。"王梵替他说完，脸色阴沉，"你看清楚了，这些蛇究竟是怎么死的！"

江南羽聚目凝视，失声道："中毒！"

"不错！"柳盛儿阴恻恻地道，"曾家矮子们阴沟里翻船，有人暗地里下毒毒死这些蛇，多半就是在红珊瑚吐出毒雾，视线不清之时！"

"是谁？"江南羽脸色沉重，"能瞬间下毒毒死数百条剧毒之蛇，手法之快，骇人听闻！"

"是谁——"柳盛儿一声冷笑，"多半和那凶手脱不了干系，说不定，就是那杀人如麻的恶魔——在你我面前都敢杀人放火，杀几条蛇算什么？"

"凶手是谁？"江南羽深深吸了口气，"我不敢相信——"

"嘿嘿，到如今凶手是谁你若还不明白，枉费你这些年吃的江湖饭了。"王梵的脸色也很沉重，"如无曾家三矮这么一闹，我万万想不到，凶手竟然是她！"

"如果杀蛇的人和杀死'胡笳十三拍'、章病前辈、伙计阿二以及火烧冬桃客栈的是同一个人，那么他的武功，绝不在方才那人之下！"江南羽喃喃地道，"或者我们应该追上去……"

"追上去？那两人杀你我易如反掌。"王梵道，"此事我们应当立即通知'白发''天眼'，他二人联手，方有可能制服这凶手。"他脸色阴沉，"反正凶手必是那二人之一，绝对错不了！"

花春风忍不住问道："你们说的凶手到底是谁？"

江南羽长长吐出那口气："如果猜测无误的话——"他一字一字地道，"那位白衣公子的妻子，红梅夫人！"

花春风陡然变色："她？"

"方才蛇阵之中，只有那白衣公子和红梅二人，你我都注意那白衣公子，他若出手毒蛇，以你我眼力，难道当真瞧不出来？"江南羽道，"但我并未注意那位红梅夫人，何况你莫忘了，杀死伙计阿二那一脚，乃是一只女鞋！"

花春风眉线一扬："杀死伙计阿二的凶手，即是杀死章老叫花的凶手！"

"不错！所以——"江南羽喃喃地道，"你我都忽略了那个女子，那很可能便是隐藏在冬桃客栈、密县桃林里的凶手！"

　　容配天转身而去，上玄追了半里有余，停了下来。容配天没有回头，径直离开，以她的脚程，不过一炷香工夫，已走得不见踪影。红梅一路低头跟随，却也跟了上去。两人一起消失在官道尽头，那条路不知通向何处，隐入了山水幽暗之间。

　　上玄没有追上去。

　　为什么没有追上去？他方才想起的是她那日冷冷撂下一句话，而后推门而去的背影。

　　配天是一个……不柔软的女子，她像她哥，取舍之间，毫不留情。他和她一起长大，她倔强好胜，非常顽固，决定了什么，从不回头，从不后悔……像她……决定不再弹琴，像她……决定和他私奔。所以当配天转身离去的时候，他没有想过留她，因为留不住。

　　所以没有追上去。

　　也许，即使花费他的余生对她哭诉忏悔，她也不会再回头，那么何必如此屈辱？上玄站在道上看她消失的方向，嘴角微微一勾，说不上是嘲讽或凄厉。你是我的妻，我会护你终生，无灾无患，但配天啊配天，你对我之爱，难道竟容不下我丝毫的错，而定要我屈膝哀求，作那小丑之态，对你痴缠数十年，你才勉强考虑是否原谅我？容配天啊容配天，你和赵上玄相交二十年，难道还不知道，他是一个什么样的人吗？

　　他是赵氏遗宗，即使不争皇位，也绝不受辱！

　　看了那条失去人踪迹的道路许久，上玄眉头一皱——这条黄土官道上，只留下了一个人的足迹。

　　男鞋，那是配天的足迹——红梅的呢？

抬头一看天色，上玄破袖一摔，眉间颇有怒色，跟着地上的足迹，快步追了上去。

"他……他还是没有追来。"红梅低首跟在容配天身边，低声道，"决，你想哭吗？"她抬起头来，但见容配天眼中有血丝，却出乎她意料，并没有流泪。静了一会儿，她缓缓地问："红梅，那边山上，是桃花还是杏花？"

容配天问出这句话来，红梅没有半分意外，笑容十分娇美："桃花。"

"是吗？"容配天淡淡地道，"那明明是杏花。"

红梅轻轻哈了口气，柔声道："你说是杏花，那便是杏花好啦。"

"你能跟着我奔波二十里到此，难道还看不出五十丈外到底是桃花，还是杏花？"容配天语气仍是淡淡的，"有些事你不想说，我不强求，但不必骗我。"

红梅轻轻叹了口气："你……你果真聪明得很。"

"不聪明……"容配天缓缓地道，"我并不聪明，只是看起来……"她没说下去，红梅上前一步搂住她："我知道，我……都懂，"她抬起头看容配天的脸，轻轻抚摸她苍白冰冷的脸颊，"相信我，我都懂。"

"你还是走吧，不要再跟着我。"容配天轻声道，"来生若为男儿身，定不负你。"她将红梅推开，抖了抖衣袖，仰头看了看天，转身便走。

红梅踉跄退了几步，看着她决然而去，嘴边挂着一丝似凄然也似温柔的微笑，她果是如此决绝——果是如此看似坚强的女子，无怪他留不住她——像配天这样的女人，谁会知道她比谁都容易哭呢？

她竟没有追来？容配天心里有丝疑惑，然而心头烦乱，什么都不愿多想，只往东而去。

红梅一人静静站在那条路上，看着她离开，突然转过身来，对着空无一人的荒地道路一笑，拂了拂袖角。

"堂堂'南珠剑'，居然做女子打扮，若非我跟踪你三月有余，委实不能相信。"道路上虽然无人，却有人声语调古怪地道，"三年之约，不知可还记得？"

被称为"南珠剑"的红梅双手一分，一声裂帛之声，那身红衣被"她"当场撕破，弃之地上，但见"她"红衣之下穿的竟是一身红色儒衫，只是质地极轻薄，穿在红裙之下丝毫不觉累赘。"红梅"幽幽地看着空无一人的道路："贾老头，若不是记得三年之约，我怎会住到这没有美酒佳肴绫罗绸缎的鬼地方？我对你已是不错了。"

空无一人的地上突然有个人头长了出来，却是有人在地下挖了个大洞，不知何时已躲在里面。那人语气仍是很惊奇："我三年前见你的时候，'南珠剑'风度翩翩行侠仗义，多少女人想着你，怎么三年之后扮起女人来了？不是我爱啰唆，白南珠你本来就长得太美，这般涂脂抹粉成什么样子？就算我胜了你，也有些胜之不武。"

"难道时间太久，你已忘了我生平最恨有人说我像女人？"那被称为"白南珠"的人慢条斯理地从怀里摸出块汗巾，擦去脸上的胭脂花粉，露出一张白皙秀美的面容，却已大大减了那女人味儿，和方才娇柔纤弱的"红梅"判若两人，甚至连五官眉目都不甚像。"就凭你方才那句话，定要打你一个耳光。"他擦完胭脂，喃喃地道。

道上泥土一涌，一个人钻了出来，身材高大，面貌也不甚老，皮肤黝黑，十分丑陋。此人外号"土鱼"，姓贾名窦，虽然相貌古怪，武功却很了得，三年前败于"南珠剑"白南珠剑下，十分不服，相约三年之后再比过。谁知三年前大名鼎鼎的"南珠剑"，突然销声匿迹，三年之后再见居然打扮成了女人，实在让他吃惊不小。

要知三五年前，"南珠剑"白南珠为"七贤蝶梦"之一，和毕秋寒齐名，都是江湖上十分出众的少年英雄。这几年毕秋寒死、圣香失踪、宛郁月旦避退世外，江湖风云变色，白南珠始终不知所终，大家均觉诧异，但要知他这几年扮成了女人和容配天在一起，只怕大家更觉不可思议。

"哼！老子我勤修苦练三年，这次定要将你小子打得满地找牙。"贾窦从土中摸出一把短铲。白南珠双手空空，他号称"南珠剑"，此刻却连剑也不带，斜眼看着贾窦，满脸轻敌之态。

两人正要动手，路上又来了一人。

那人一来便目不转睛地盯着白南珠。

他灰袍破袖，自是上玄。他来得也不突兀，在大老远的地方便未再施展轻功，缓步走过来的。

上玄似乎很喜欢走路。

白南珠对贾窦正眼也不瞧，上玄缓步而来，他却着实认真看了上玄一番，而后微微一笑，拱手为礼。上玄却不说话，袖手往路边一站，就似等着他们动手。

贾窦斜睨了上玄一眼，仰天笑道："这位仁兄，可是平生未见过高手比武？可要站远了些，莫叫我失手伤了你。"

上玄充耳不闻，眼里也似没有贾窦此人。便在贾窦仰天大笑之间，陡然"啪"的一声脆响，只见血溅三尺，方才贾窦站的地方现在站的是白南珠，贾窦却已陡然扑倒在地，口鼻流血，昏死过去。

一个耳光。

一霎之间。

血溅三尺。

"还没死。"上玄眼睛望天，淡淡地道。

"人不犯我，我不犯人。"白南珠笑道，"这人只是无知，又不讨厌。"

"'玉骨'掌下，尚会留情，倒是稀罕。"上玄满面胡须，面目难辨，自也看不出什么表情，只听他问，"你就是红梅？"虽然白南珠的容貌和"红梅"丝毫不像，地上"红梅"的红衣，却还是在的。

白南珠嫣然一笑——以他如今的衣着容貌，如此一笑却是充满妖异不祥之气："普天之下，除了我，何人会是红梅？"

"你也爱她？"上玄冷电一般的眼神，冰凉地盯着白南珠。

"当然——我愿为她做女人，愿为她发疯……"白南珠一字一字地道，也牢牢盯着上玄，慢慢摇头，"而你——不愿！"

上玄"哧"的一声冷笑："我不愿，但是她爱我，而永远不会爱你！"

白南珠的目光很奇异，自犀利而变得幽怨："你不明白……你一点也不明白……"他仍旧一字一字慢慢地说，"我不求她爱我，只求她在睡梦中醒来，能不流泪……"此话说来，上玄微微一震，白南珠迅疾地接了下去，"她若能爱我，是神是鬼我都做了，但她只爱你——"他的语调飘了起来，有些悠悠的，"所以——我为她做女人，为她做闺中密友——而你——而你——"他的目光刹那锐利如刀，"你若不爱她，你若让她哭——我杀了你让她一辈子死心，一辈子恨我……"

"住嘴！"上玄森然喝道，"她是我妻，她的事，和你没有半点干系！"

"哈哈哈哈……"白南珠突然仰天大笑，"我是她的妻，怎能和我没有半点干系？你要知道——"他骤然前倾一手托起上玄的脸，"她心甘情愿娶我，我们凤冠霞帔明媒正娶，我可从来没有勉强过她……"

"啪"的一声，上玄挥手震开他这一托，白南珠鬼魅般飘远，那妖气森森的语音却萦绕在上玄耳边："莫忘了，我们是一家人……一家人……一家人……"

一家人？上玄自漂泊江湖以来很少动怒，此时猛一跺脚，足下土地龟裂崩坏，轰然一声沙尘四起，竟是塌陷了一整片。他自知自己"衮雪"尚未大成，力道难以掌控自如，因此这几年有意收敛，很少放纵自己的情绪，也从不和人动手，但白南珠这一托一飘，却是自心底撩起了他自封多年的性情！

"啊……"身后传来一阵倒抽气声，上玄蓦然转身，只见江南羽几人遥遥站在十来丈外，看看自己，再看看地上生死不明的贾窦，面上惊骇，分明是将自己当作了重伤贾窦之人。他心里更怒，懒得和这些人废话，大步离去。

"站住！"身后有人底气不足地喝了一声，他充耳不闻，大步往容配天离去的方向追去。

"江公子，他要去便让他去吧，我已飞鸽传书沿途各路同道，急报'白发''天眼'二人，同时集结同道拦截此人。"王梵脸色铁青，能将"土鱼"贾窦打成这般模样，已不是他们几个联手所能应付的了，不管江南羽如何不甘，都绝不能拦。

江南羽长长舒了口气："如此一来，究竟谁是凶手，我却糊涂了。"

"那蛇群活动之时，除了那对夫妻在蛇阵之中，我们都忘了，此人也正隐身林中！"王梵道，"凶手定是那两人之一，他重伤贾窦，心狠手辣，嫌疑更大一些。"

"但他并未穿着女鞋。"江南羽脸色沉重。

几人面面相觑，本以为心里的疑窦已经解了，却是越积越多，越来越不可解。

第三章

# 追猎

上玄沿着容配天离开的方向追出五十来里，始终没有看见她的踪迹，天色渐渐昏沉，他停了下来，有些事不知不觉涌上心头，便排遣不去。

当年……那天。

她走的那天，她走得不见踪影之后。

他知道她走了便不会回来，但还是沿着她离去的方向走出去很远。那时候他不知道自己想要追上一些什么，或是挽回一些什么，只是不知不觉那样走着，直到天色昏沉，直到眼前再也没有路。

就像今天，天色昏沉，眼前再也没有路。

沿着她走的方向走到尽头，眼前是一条河。河水滔滔汩汩，和他这几年走过见过的其他河一样，不知从何处来，也不知去向何方。在河边停下之后，胸口涌动了一整天的情绪突然强劲地冲上头脑，他觉得鼻腔酸楚，胸口炽热——在找了那么多年以后，终于遇见了她，可是结果和预料的一样，她不会宽容他，无论曾经有过多少承诺多少信任。他明知道是这种结果，所以从不敢放手找她……不敢——因为明知道会伤心失望——不敢找她，因为害怕苦苦追寻的结果是她根本不期待他，那将会有多痛苦？

可是就算是偶遇，就算是彼此都装得很冷淡，也还是……还是……

上玄对着河水里模糊的影子看了一眼，深吸一口气，仰起头让河风吹醒头脑。配天，你"嫠"的究竟是个什么样的人，你到底知不知道？没有我在你身边，你到底做了些什么？他的目光渐渐变得深沉，白南珠——这个人他没听说过，但决计不是个蹩脚的对手。他的"衮雪神功"尚未大成，但白南珠的"秋水为神玉为骨"已炉火纯青，这个人到底是什么来历什么居心？

他真的痴恋配天成疯吗？爱一个女人，究竟要怎么爱才对？爱不爱配天？他自问自答，怎会不爱？但要像白南珠那样，"嫁"给配天，不顾一切地陪在她身边，为她做所有能做的事，为她……杀人……他一样也做不到。

从小到大想要如何便如何，很少想到自己会错，此时此刻，他很迷乱。

"簌簌"一阵响，河畔草丛里突然钻出三个人来，对着他"扑通"一声跪下，齐声道："我等艺不如人，是死是活，全凭阁下一句话。"

上玄悚然一惊，回过头来，眼前三人又矮又胖，秃头跛脚，却是方才那曾家三矮，此刻直挺挺跪在自己面前，就如三个刚从土里剥出来的山药蛋。他皱起眉头："你们三个要死要活，和我何干？"

"我曾家三兄弟平生从未败过，早在我等十岁那年就已发誓，如败于人手，就当自杀。"曾一矮道，"但如今我兄弟又不想死，所以如果阁下说一句方才是阁下败了我兄弟胜了，那就可以救活我等三条性命。"

这等言语，自曾一矮嘴里说来，却是眉目俨然，十分认真。上玄一怔，自河畔站了起来，心头烦乱至极，更无心情和曾家三矮胡闹，长长吐出一口气，淡淡地道："那便算我输了。"以他平日性情，纵是如曾家三矮这般人物在他眼前死上十个八个他也毫不在乎，此话出口，他自己更觉心乱如麻，掉头便走。

曾家三矮面面相觑，曾一矮咳嗽一声："阁下可是……"一句话还没说完，陡然身子一轻，已然悬空而起。上玄提着他的衣领，淡淡地问："什么事？"曾一矮只觉自己身子往里一荡，接下来上玄顺势一挥自己就将"扑通"一声飞入旁边那条大河之中，顿时噤若寒蝉。曾二矮也咳嗽一声："我大哥不曾开口，阁下听错了。"上玄提起曾一矮往曾二矮头上掷去，只听身后"哎呀"一声，兼有重物滚动之声，他连看也不看，缓步而去。

这下曾家三矮连个屁也不敢放，面面相觑，相互招招手，凑在一起窃窃私语，随后展开轻功，又跟了上去。

三人跟得并不困难，因为上玄并不施展轻功，他就沿着河岸缓步而行，不知要走到哪里去。上玄自幼受教，走路要挺拔端正，绝不能有轻佻之态，因而很少以轻功赶路，更何况他本不知道要往哪里去。

就这般连续跟了几天，上玄有时在树下坐一坐，有时在沿路茶馆用些饮食，他很少入眠，睡的时间也很短，一旦醒了，就又往前走。很快上玄顺流而下，走到了那条河的尽头——那河汇入黄河，他顺河而下，走到了黄河边上。显然走到黄河边上他也有些茫然，曾家三矮见他转过身沿路往回走，三人面面相觑，都摇了摇头，继续跟着他，折返密县。

这是曾家三矮跟在上玄身后的第八天，上玄又回到了那片桃林之中。

"大哥，他……"曾二矮突然道，"那树林里有埋伏。"

曾一矮点了点头："他好像没有发现。"

"他的武功高得不可思议，江湖经验却差得很，而且好像根本不知道自己要干什么。"曾三矮道，"我等兄弟居然败在一个初出茅庐的小子手上。"

"他一直在找什么东西，但既不问人，也不打听，真的是奇怪得很。"曾一矮"嘘"了一声，"来了。"

桃林之中"当啷"一声有兵刃出鞘之声，随即刀光剑影，有人在桃林中动起手来。曾家三矮悄悄上前去看，只见八个白衣男子持剑围住上玄，方才那一声兵刃出鞘之声，原来拔出的乃是八剑，却只有一声，可见这几人动作训练有素，不是泛泛之辈。

"白堡！"曾一矮低声道，"去年追杀鬼面人妖，最后弄得灰头土脸的，白堡也有一份，听说他们失踪多年的糟老头子白一钵回来了，着实教了堡里弟子一些新本事，看来这剑阵就是其中之一。"

"树林里不止八人。"曾二矮道，"白堡倾巢而出，看来去年在鬼面人妖那件事上丢的面子，他要在这里找回来。"跟踪上玄八天，他们早已听到消息，如若有人能将上玄生擒，"胡笳十八拍"将传授绝技三招。而上玄居然能将大名鼎鼎的"胡笳十八拍"中十三人一举杀死，早已声名远播，更多人前来围剿上玄，不过是为夺取比上玄更强的名头，倒也不甚关心他为何要将人杀死。

言谈之间，树林里一阵兵器折断之声，叮当声中，八剑齐折，上玄三招之间克敌制胜，那八人手持断剑飘然后退，也不慌乱。只听弓弦声响，林中脚步声起，突然拥入三十人将上玄团团围住，人人手持白色弓箭，对准上玄。而后两个中年男子自弓箭阵中走出，轻袍缓带，长得一模一样。曾三矮"啊"了一声："河南岳家的双旗，这两人使用旗杆为兵器，算得上江湖一绝，怎会和白堡搅在一起？"

"嘿！多半这小子杀的人里有岳家的亲戚。"曾一矮道，"白堡向来不守规矩，这箭都是毒箭，而且树林里还有人，我看这小子今天倒了大霉。"

"好大的阵势。奇怪，这小子虽然讨厌，倒也不是坏人。"

曾二矮冷冷地道，"怎会有这么多人想要他的命？"

"我看他杀不杀人倒是其次，他练了'衮雪'才是这么多人想杀他的原因吧？谁都想比'衮雪'厉害，谁胜了'衮雪神功'，谁就是天下武功第一。"曾一矮也冷冷地道。

此时上玄已经和使用旗杆的双胞兄弟动上了手，乍然应对两面飘来飘去的大旗，上玄显得有些难以应付，退了几步。正在他退步之间，围外白色长箭齐发，嚯嚯有声，往他身上射来。上玄扬袖反击，那些白色长箭东倒西歪地插在周围树干之上，只听"刺刺"有声，桃木腾起阵阵黑烟，那箭上果然有毒。

"你注意'岳家双旗'的脚步，"曾一矮突然道，"有诈！"

正在他一句话之间，挥舞双旗的那两兄弟一声震喝，两支大旗纷纷往桃花树上舞去，他二人在这旗杆上下过二十年功夫，杀人犹且如杀鸡，何况撼树。刹那之间，桃林中桃花、枯枝、朽木四下，骤然如雨！上玄本就不善应对那两支大旗，突然眼前落花如雨，不禁一怔，便在这时，突觉肋下微微一痛。他很少和人动手，反应却是快极，双指一翻，那东西尚未全然没入血肉，就已被他拔了出来，掷在地上，只听"叮"的一声，却是金石之声。

"蝴蝶镖！"曾一矮失声道，"桃花蝴蝶镖！"

曾二矮和曾三矮顿时脸色大变，这蝴蝶镖乃江湖三大毒器之一，和白骨痴情环齐名。蝴蝶镖分碧水蝴蝶镖、黑石蝴蝶镖、桃花蝴蝶镖三种，碧水令人伤、黑石令人病、桃花令人死——三镖之中，以桃花蝴蝶镖最为恶毒。此镖上的剧毒都取自稀有剧毒蝴蝶，因而极难寻到解药，临死会有大量毒蝶飞来，附于人身，一旦人死，蝴蝶便争食人肉。此镖残忍恶毒，因而早在四十年前就被武林中人所禁，不料时隔多年，居然又见此物！

上玄转过身来，只见被自己掷在地上的东西乃一片极薄的绯色玉，雕作蝴蝶之形，边缘锋锐，这等暗器，当是出于女子之手。果然一个绯色身影在林后一晃，上玄本来心乱如麻，此刻身上负伤，却是大怒，断喝一声一掌推出。只听轰然一声桃林如中雷霆，数棵桃树被连根拔起，泥沙飞溅起半天来高，那树后女子尖叫一声，喷出一大口鲜血，仰天摔倒。曾一矮低声道："'蝶娘子'！她是'鬼王母'手下一员大将，早已二十多年不现江湖，居然出现在这里。"曾二矮接着低声道："他中了蝴蝶镖之毒，只怕闯不出去了。"

　　正当上玄一掌震伤"蝶娘子"之时，岳家兄弟那两面大旗双双刺到他身后，白色弓箭再发，满天白色长箭之中，一名白衣老者倏然前扑，曾家兄弟只觉眼前银光缭绕，那老者手中银剑已堪堪到了他们兄弟眼前！

　　居然不是攻向上玄！

　　矫如银龙的一剑，竟是向曾一矮的鼻尖袭来！

　　曾一矮一呆，曾二矮和曾三矮齐齐"啊呀"一声，两人各出一匕首往白衣老者那银剑上削去——但两人心下雪亮：白衣老者手里握的乃白剑秋波，自己二人手中这短短的匕首万万抵敌不住！

　　白衣老者皱纹深刻的脸上泛起一丝古怪的微笑，那剑尖已堪堪点到了曾一矮的鼻尖——他只觉鼻尖一痛——"当"的一声，白剑秋波高高弹起，白衣老者脸上的微笑变成了大笑，突地只见上玄的背影在他眼前一晃，顿时鼻尖大痛，随即"当"的一声，满面生风。

　　他张大了口——白衣老者那一剑连断两把匕首，沾上了他的鼻子——上玄反应极快随形掠来，在那剑下一托，那柄白剑

秋波纵然斩金切玉，也骤然弹起，脱手飞出！曾一矮心头一凉，
大叫一声："不好！他——"便听一声微响，白剑秋波受震飞出，
剑柄之处一物蓦然射出，直射上玄胸口！上玄右手托剑，左手
临危不乱，运劲外拍，将那物一掌拍出，那东西"砰"的一声
爆炸开来，各人均觉一阵灼热，火药气息极浓，却是一枚雷火弹。
曾二矮和曾三矮齐声大骂白衣老者卑鄙，居然声东击西，抢攻
自己！那"岳家双旗"却又挥舞旗杆围了上来。上玄一口气尚
未转换，铁旗杆已明晃晃刺向颈侧，当下身子向后仰，双手一
握那旗杆，飞起一脚，只闻"咯啦"一声那铁杆大旗从中折断。
"岳家双旗"一声惊呼，曾家兄弟大声喝彩。上玄翻身而起，
左手杆头右手杆尾，横扫白衣老者和"岳家双旗"！他心头愠
怒，出手极重，两边兵刃尚未相接，就已听到空中"噼啪"作响，
似有羊皮纸爆裂之声。白衣老者和"岳家双旗"纷纷抬手相抵，
两边劲力一触，指腕"咯吱"作响，都是鼓起一股真气，竭尽
全力抵挡上玄"衮雪"一扫！

　　"嗡"的一声一道黑影从曾一矮眼前掠过。他眨了眨眼，
又眨了眨眼，只听身前一声大喝如虎啸龙吟，白衣老者和"岳
家双旗"骤然飞跌出去，"砰"的一声摔落在三丈之外，口中狂
喷鲜血。上玄右手反握一柄黑色短剑，"咄"的一声将那柄剑直
掼入白衣老者身前一尺之处，冷冷地道："暗箭伤人，一而再再
而三！我不知阁下几人到底是什么来历，一大把年纪，不要脸
得很！你们几个，哪里来的？截我的道，所为何事？"

　　那狂喷鲜血倒地的白衣老者正是白堡白一钵，截上玄的道
说是为了替"胡笳十三拍"报仇云云，到底也是名利心作祟，
只是他已然昏死过去，却是说什么也不会回上玄的问话。曾一
矮这才看清方才是白剑秋波中的机关发作——弹出雷火弹之后，

再弹出黑剑泫水，倒射上玄背后，却不知怎么的被他截住。这一连串的暗算偷袭，只为撂倒此人，在他身中桃花蝴蝶镖后仍收拾不了他，若非此人根本没有多少临敌经验，就凭白一钵、"岳家双旗""蝶娘子"几人，早已一败涂地，死个十七八回了。方才他大叫一声"不好"便是知道白剑秋波中暗藏黑剑泫水，但尚未来得及示警，林中已局面大变。

"我等兄弟又没要你救命，你干吗出手救人？"曾三矮见局势已定，便问上玄，仍旧眉目俨然，语气认真至极。

上玄反手按住肋下被桃花蝴蝶镖射伤之处，冷冷地道："你们不是不想死？"

"我们虽然不想死，但是也不想因为区区救命之恩，便涌泉相报。要知我等兄弟，上知天文，下知地理，琴棋书画、歌唱舞蹈无所不通，乃惊才绝艳的稀世奇品，万万不可因为你之小小恩惠，而放弃我等大好前程……"

"蝶娘子"甘冒奇险只为在自己身上射入这么一片薄玉，此玉必然大有问题。上玄挫敌之后已然觉得不适，更不耐烦听曾家矮子们唠唠叨叨啰啰唆唆，喝问道："什么放弃大好前程？"

"难道阁下出手救我等性命不是为了让我们对阁下俯首称臣，甘心为奴吗？"曾一矮义正词严地问。

上玄一怔，心头已然明白曾家三矮一路跟踪的意思，但尚未想出要如何应对，脸上也尚未来得及露出嘲笑之色，陡然只觉天旋地转，"噗"的一声，整个人软了下去，什么都不知道了。

曾家三矮看着毒发昏迷的上玄，各自摇了摇头。曾一矮叹了口气："这人除了脾气坏些，架子大些，武功高些，人笨了些之外，其实也没什么不好，就是有点脏。"他瞅着上玄的胡子，自言自语，"和我等兄弟在一起，定要相貌堂堂，方才相称。"

"但大哥，"曾二矮有些发愁地叹了口气，"白老头为了在这桃林中设伏，特地用了桃花蝴蝶镖，此镖剧毒，除了传说中的稀世灵药，只怕世上无人能解……"

"他救了大哥性命，也就是救了我等性命，他还饶了我等一次性命，那就是救了我等两次性命，救了我等一次性命是三条，救了两次便是六条。"曾三矮最后叹了口气，"我等定要还他六条性命，这账才算得清楚。"

三人很快抱起昏迷的上玄，虽矮却极快地往密县桃山边的一处山庄奔去。

桃林中遗下一地七零八落的弓箭，弓箭手本来埋伏林中，却在白一钵重伤之后逃去一大半，余下的多是受伤倒地，不住呻吟。白一钵、"蝶娘子"和"岳家双旗"昏迷在地，人事不知。

过了一阵子，林中淡淡掠过一阵桃花香气。

此林本是桃林，也没人在意那优雅温润的桃花香气，再过一会儿，林中呻吟之声渐渐少了、小了；又过一会儿，桃林之中，寂静无声。

那些呻吟辗转的人都已不动，悉数死去。

"嚓"的一声微响，一只红袖在树干后隐去，那衣袖轻柔如纱，十分华贵，只听一人低低地笑道："他折返密县，我自会告诉你，只是告诉你他折返密县，不是为了让你杀他，而是为了让他杀你——白一钵，你可就没有想明白啊……呵呵呵……"

地上伤重的白一钵眼珠微微一动，似是听到了声音，将要醒转。陡然"噗"的一声，胸口一阵剧痛，冰凉透骨，他猛然睁开眼睛，只见黑剑泫水自自己胸口直没至柄，口中一个字也说不出，只能怨毒地瞪着那双近在咫尺的眼睛——那双明如秋波、黑如泫水的好眼睛！那身红衣，红得犹如染血……他、他、他本是……

他本是江湖白道的俊彦，有侠名能流芳百世……的人。

上玄睁开眼睛的时候，面前挤着三张既大且肥的脸，见他醒来，三张脸一起缩了回去，其中一人道："原来你也不丑，长相和我三弟一般英俊潇洒，就是不爱干净，满脸胡子实在是难看至极。"在他昏迷之时，这三个矮子七手八脚把他的胡子剃了，一张脸洗得干干净净。

上玄看了曾家三矮一眼，缓缓闭上了眼睛。

"曾老三，桃花蝴蝶镖本就无药可治，就算你请来了神医岐阳，也一样无用。"一个很年轻的女子声音道，"你看他阴阳怪气的，大概已经离死不远了。"

"胡说八道，他要是死了，我曾家岂不是要赔他六条人命？我兄弟只有三人，要是一人娶一个老婆凑足六条人命再给他陪葬，我等又不大愿意，所以他是死不得的。"曾一矮瞪眼道，"小妖女，你我现在在一条船上，嘘，少说话。"正在他们低声交谈之际，突有一阵焦味飘来，其中夹杂恶臭，令人作呕。那年轻女子"哎呀"一声，"糟糕，骷髅火烧过来了，曾老大你说怎么办？我们扔下这个人逃命吧。"

曾一矮怒道："放屁！'鬼王母'放的骷髅火，能让你说逃命就逃命？我也想逃命，可是就逃不出去，这和丢不丢下这个人无关，你倒是逃给我看啊。"

那女子轻笑一声："那'蝶娘子'又不是我打死的，'鬼王母'又不是找我报仇，我逃不了又不会死。"说着轻轻一掌往上玄头上拍落，笑道，"我打死了他，你我就都得救啦。"她那手掌刚刚往下一沉，突地手肘一震，那一掌尚未拍到上玄头顶就已受力回震，顿时全手麻痹。曾一矮嘿嘿冷笑："你杀啊。"

那年轻女子姓萧，名遥女，是华山派一名女弟子，武功虽然不高，人却很顽皮。华山派一行人路过密县，她和师兄弟路上走失，闯进树林里来，却正好撞见曾家三矮被"鬼王母"围困。她年不过十七，少年心性，觉得好玩，便与他们一起伏在草丛中。此刻一掌拍不到上玄头顶，她很是吃惊，低头细看这位衣着落魄的年轻人，只见此人相貌俊朗，只是眉宇间一层浓重的阴郁之色，眼睫极黑，带了一股煞气，脸色苍白，越发衬出那股清厉的浓黑。这人武功果然很高，怪不得能打死"蝶娘子"，她心里暗想，倒也长得好看。

此时那黑色的骷髅火已经烧过大半桃林，那股令人窒息的恶臭越来越浓，曾三矮喃喃地道："大哥，要不我们在地上挖个坑，躲进去吧。"曾一矮勃然大怒："胡说八道！躲进土里，你我都烧成了叫花鸡，很好看吗？"曾三矮也怒道："那不往地下钻，被烧成了烤鸡，又当如何？难道你能飞出去？"

"烧不死的。"地下有人淡淡地说。

几人一怔，一起低头看着上玄，表情皆是错愕。

"这火烧得远近皆知，既然华山派的小姑娘在此，她的师长同门必定不远。"上玄连眼也不睁，突地冷笑一声，"何况想杀我之人若无五十，也有十五，哪个肯让'鬼王母'捡了便宜？"

"哎？你怎么知道我是华山派的？"萧遥女却只在乎些小事，"你定是刚才装昏骗我！"

上玄顿了一顿，很长时间没有回答，就在萧遥女以为他又装昏的时候，他却睁开了眼睛："我有个朋友，出身华山。赵上玄平生很少服人，对华山派这等先吐气再吸气的内功心法却服气得很。"

"啊？我派心法本是江湖绝学，让你服气的是我哪位师兄？"萧遥女听后芳心大喜。

　　上玄嘴角微勾，颇有讽刺之意："他姓杨，叫桂华。"

　　萧遥女为之一怔："他……他不是在朝廷做了大官，都……都不认师父、师母……"

　　"华山派师尊好坏不分，功夫浅薄，妄自尊大，叛派出门，也没什么大不了。"上玄淡淡地道，"杨桂华是个人才，华山派上上下下一百多人，本门心法没有一个练得比他还好。"

　　"喂！你居然在我面前辱我师父！你不想活了！"萧遥女大怒，扬起手要给他一个耳光，猛地想到打不到他脸上，只得硬生生忍住，指着他的鼻子道，"等我师父来找我，看我叫他怎么收拾你！"

　　曾家三兄弟见她发怒，各自哼了一声，三只右手伸出，将她提了起来，点中穴道，扔在一边。曾一矮道："女人天生蛮不讲理，莫名其妙，我等万万不可与之一般见识。"曾二矮道："不过你说的倒是有理，这火烧得半天来高，什么华山派啊，白堡啊，'岳家双旗'啊，各家各路没在树林里截到你的人多半看见了。'鬼王母'要杀人，侠义道们自是要救的。若是要杀你，那更是不得了，像你这样杀死'胡笳十三拍'的邪魔外道，万万不能让其他邪魔外道杀了去，大侠们定要先救你，然后再杀你，这才是正理。"曾三矮赞道："看你小子阴阳怪气，却也不笨，比我兄弟聪明了那么一点。"

　　上玄看着这三人，这三人确有些可笑，转念想到那个平生最爱胡闹的人，想笑的心境顿时黯淡，多年来没有听见圣香的消息，他离开丞相府之后，不知如何了……

　　看来这人多半自娘胎出生至今，不知笑是何物，曾家三矮面面相觑，都皱起眉头。

此时蔓延的骷髅火突然出现了一个缺口，遥遥听到兵刃相交之声，果然有人赶来动手，阻止"鬼王母"放火杀人。上玄听着那火焰之外的声响，心情本很烦乱，渐渐变得死寂，也许是更冷了些。自小到大，鲜少有人真正关心他，曾家三矮的关心，是不是证明他委实从可悲变得有些可怜了？想到"可怜"二字，他心头煎熬般痛苦，说不上究竟是什么滋味。几年之前，赵上玄从不相信，自己会有"可怜"的一天。他心里压抑着强烈的感情，忧苦的后悔的愤怒的仇恨的不甘的委屈的伤心的……纠结缠绕，突然肋下伤口起了一阵强烈的抽动，接着他"喀"的一声吐出一大口血来，血色全黑。

"喂？喂喂喂！"曾一矮吓了一跳，"你若死了，我等兄弟岂非要自杀两次？你可万万死不得。"

上玄吐出一口血来，心头反而一清，坐起身来，运一口气，只觉全身真气流畅，到肋下伤口微微一滞，也没有大碍，便抖了抖衣袖，站了起来。

曾一矮不料他吐出一口血却突然站了起来，目瞪口呆："你……你不是要死了吗？"

上玄右手在他头顶"啪"地一拍，淡淡地道："噤声！"

曾家兄弟随着他的目光转头看去，只见骷髅火大灭，所留出的空地上，一袭黑袍在烈火余烬中猎猎作响，似是悬浮在空中，里头不知是什么事物。黑袍之后站着两人，一人全身红衣，绣有云纹，那自是火客；另一人全身绿衣，又高又瘦，四肢奇长，就如一只硕大的螳螂，正是"食人君"唐狼。

"食人君"唐狼衣上有血，火客手中握着一把断剑，曾一矮"呸"了一声："那是华山派的剑，看来刚才他们撞上了。"

曾二矮却道："他们明明撞上了'岳家双旗'，那吃人的小子衣上的口子，是旗顶子划破的。"曾三矮叹了口气："他们可能没有撞上华山派和'岳家双旗'，但是一定撞上江大公子了。"他瞪眼道，"因为他已经追来了。"

正在说话间，江南羽披头散发，浑身浴血，持剑赶到，眼见那黑袍悬空，似乎也很惊讶，挂剑站住，不住喘息，似乎已受了伤。

"你是谁？"上玄既不看火客、唐狼，也不看江南羽，只淡淡斜眼看着那黑袍身影，"我又不识得你，何必纵火杀人，伤及无辜？"

那黑袍一阵抖动，传出一个似男似女的苍老声音："杀人何须理由，何况你杀我徒儿——"

"你徒儿？"上玄上下打量那件黑袍，冷笑一声，"你徒儿是谁？"

"她徒儿就是暗算你一记飞镖的那个女人，"曾一矮在他身后悄声道，"叫作'蝶娘子'。"

"我平生不喜杀人，"上玄冷冷地道，"虽然因我而死者不计其数。那个女人不是我杀的。"

"我师妹和白一钵、'岳家双旗'几人，全被利刃穿胸，横尸倒地，若不是你杀的，难道是见鬼了不成？"那黑袍旁边犹如螳螂的"食人君"唐狼尖声叫道，"你杀我师妹，我吃你的肉，公平得很，受死吧！"言罢"嚯"的一声，他那长长的衣袖中突地抖出一把镰刀，径直往上玄颈上划去。

"叮"的一声，江南羽出剑架住那柄镰刀，喘息道："且……且慢……在下有一事不明，要请教'鬼王母'，尊驾不妨……先回答我的问题，再杀人不迟……"

"嘿嘿，此人杀死'胡笳十三拍'和丐帮章老叫花，不正是你江大公子传下武林令下令追杀，生要见人死要见尸吗？"那件黑袍阴森森地道，"早也是杀人，晚也是杀人……"

"但是——连我都不知他返回密县，'白发''天眼'都不知此人行踪，'鬼王母'门下又是如何和白堡合作，在此地设伏？"江南羽大声道，"是谁告诉尊驾他的行踪？尊驾又为何……滥杀华山一派……纵使我拼命阻拦，仍下毒手？"

江南羽此言一出，萧遥女脸色惨白，曾家兄弟面面相觑，心下都是一惊：华山派居然在"鬼王母"手下全军覆没？

"江南羽。""鬼王母"尚未回答，上玄突然冷冷地道，"你生的是人脑，还是猪脑？"

江南羽一呆："你……你……"

"杀人满门，自是为了灭口。"上玄语调出奇冷淡平静，"杀我，自是为了立威。以你江南羽的头脑，尚能想到这么多江湖中人在密县设伏杀我实不寻常，除了巧合之外，便是有鬼。"他淡淡地看着"鬼王母"那件黑袍，"而以'鬼王母'的名声地位，实不必杀赵上玄以立威的，为何定要杀我？为何要杀华山派满门——他们看见了你们放火——是不是？"

"放火？"江南羽茫然不解，"骷髅火？"

上玄却不理他的疑问，冷笑一声："江南羽，其实你该抓住的关键，不在'鬼王母'为何知道我的行踪，或者为何要杀华山派满门，而在——他们究竟知道些什么？究竟是谁让他们在密县截我的道？"他一字一字地道，"那才是问题所在。"

江南羽的脑筋仍纠缠在为何华山派看见"鬼王母"施放骷髅火便要被灭满门。曾家兄弟咳嗽一声："老大，我等兄弟没有听懂……"

"此时正是春浓，草木湿润，"上玄不耐地道，"也没有风，那把火是如何放起来的？"

"骷髅火颜色漆黑，想必有特定的燃烧之物……"江南羽仍然满脸迷惑，"那又如何？"

"特定的燃烧之物，它既然不是依靠燃烧草木蔓延的，那么能烧到将我们团团围住的程度，'鬼王母'门下定要花费许多时间和手脚布置那特定的燃烧之物。"上玄冷冷地道，"若'鬼王母'真有江湖传说中那般厉害，我中毒昏迷，曾家三个冬瓜和华山派的小姑娘又并非什么一流高手，她何不闯进来一掌一个结果了我们？却要在外面辛辛苦苦地放火？"

江南羽一呆："你说……'鬼王母'其实并未亲临此地？"

"她若不在此地，那黑袍里面又是什么？"上玄冷笑，"要么，是'鬼王母'外强中干；要么，就是世上根本没有'鬼王母'这么一个人！放火之时被华山派和'岳家双旗'瞧见了破绽，所以要杀人灭口！"

几人听了，都是大吃一惊："什么？"

上玄冷眼看着那猎猎飞舞的黑袍："我不信鬼怪能大白天出来晒太阳，也不信一个大活人能悬空停滞如此之久，那黑袍里面，如果不是鬼也不是人，那会是什么？"

"大胆小儿！"便在上玄出言冷笑之时，那黑袍一颤，一股浓烟自袖里喷了出来，直射上玄，袍角猎猎飘动，当真有人在里头一样。

"若世上根本没有'鬼王母'，被人撞见了自是要杀人灭口；若世上真有'鬼王母'，她真在这件黑衣里面，那世上又多了一桩奇事。"上玄淡淡地道，"若是'鬼王母'已死或根本不存在，'鬼王母'门下要杀我立威，自是顺理成章，有道理得很。

赵某虽然不才，杀了我，好处还是不少的。"

"杀了你有什么好处？"曾三矮忍不住问。

上玄仰首看天："那要看你和谁人谋划，要剥我哪块皮。"言语之间，黑袍中射出的浓烟渐渐散去，他浑若无事，仍旧仰首看天。

"黄口小儿大放厥词！"那袭黑袍在烟云消散之际突地厉声尖叫，"给我立刻杀了！谁杀了他谁就是我掌门弟子！"随即黑影一晃，翩翩坠地，黑袍旁边的火客和唐狼双双扑出，一股五颜六色的烟雾涌出，加以古怪的黑色火焰腾起，却是连刀光都隐没了。

上玄扬袖使出一股暗劲阻住那股彩色烟雾，随即"嚯"的一声负袖在后，冷冷地道："谁胜得了'衾雪神功'或'秋水为神玉为骨'，谁便是江湖第一高手；杀我之后，尚可得假仁假义替天行道之名；况且、况且……"他顿了一顿，淡淡地道，"我若死了，有些人可以得财，有些人……嘿嘿……说不定……有比得财得利更大的好处。"

江南羽和曾家兄弟脸色古怪地看着他，各自诧异，心里暗忖：这人好大口气，世上除了得财得利，还有更大好处？莫非还能做皇帝不成？此人看来心情郁郁，已有些疯癫。身旁火客和唐狼各种毒烟毒雾毒水毒火不住施展，使得江南羽和曾家兄弟不住退后，却始终奈何不了上玄，只听他继续淡淡地道："我料想'鬼王母'几十年偌大名声，要说并无此人，倒也说不过去。多半她已经死了，'鬼王母'门下撑不住场面，所以定要杀人立威，只是不料我赵某人却杀而不死，还赔上了你师妹一条性命，是不是？"

"胡说八道！"火客怪声怪调地道，"你怎配和我师尊动手？"唐狼也道："我师尊一出手，你必死无全尸！"上玄双袖一舞，火客和唐狼骤觉一股掌力犹如泰山压顶，直逼胸口，双双大喝一声，出手相抵。上玄嘴角微微一翘，脚下一挑，一块石头自地下跳起，"嗖"的一声直打那袭黑袍，便在此时，火客和唐狼再度双双大喝，一人腾出左手，一人腾出右手，各自从怀里掏出一把匕首，往上玄腰侧刺去！

上玄不闪不避，刹那间已挑起石块直打黑袍，同时"叮当"两声，火客和唐狼两把匕首双双刺中，没入上玄腰侧约半寸，却只听金石之声，竟是刺上了什么硬物。两人大吃一惊，上玄的掌力当胸侵入，两人骤然狂喷一口鲜血，一齐向后摔倒。

江南羽第一次见上玄如此伤敌，也是大吃一惊，名震江湖几十年的"鬼王母"门下弟子，竟也是一掌之间便伤重待毙，"衮雪神功"委实可敬可佩！他双目本能地随着那块被上玄踢起的石头看去，只听"噗"的一声那袭黑袍应声而破，支撑黑袍犹如人形的东西，却是一个人形竹制支架！他恍然大悟——火客和唐狼二人一左一右站着，两人合力暗中以真气托住这极轻的人形黑袍，充作"鬼王母"，那似男似女的声音，多半乃是腹语！

"啊！"曾家兄弟观战，却对结果丝毫不奇，"我明白了，"曾一矮自言自语，"这是个竹架子，竹架子怕火，我看这两人放火的时候多半把他们的'师尊'藏在别处，不巧被华山派撞见了，所以他们非杀了华山派满门不可，就算是你江公子半路杀出，那也不能给面子……"

江南羽既惊且佩地看着上玄，此人一出手就伤了江湖上两个赫赫有名的恶徒，揭穿"鬼王母"的秘密，举重若轻。这样的人要杀"胡笳十三拍"也并不难，但为何偏偏以腰带勒死？此人分明擅长掌力，不善兵器。上玄一脚踢穿"鬼王母"的把戏，

"哼"了一声，却无得意之色，满脸鄙意。一阵风吹来，江南羽浑身一震，只见上玄破衣之下隐约有黄金之光，他陡然想起那块黄金碧玉，此人果然以黄金碧玉为腰带，无怪方才火客和唐狼暗算不成，匕首定是刺在了黄金上！此人——此人到底是什么来历？

"这两个即使醒过来，武功也废了。"曾一矮道，"要杀要埋？"曾二矮挽起袖子，眼望上玄，只要他一句话，曾家三人立刻便把地上昏迷不醒的二人宰了，虽然有些不光明正大，他们却都当真得很。

上玄反手按住肋下伤处，淡淡地道："杀人，是要抵命的，你们兄弟要有两个给他们抵命，那就杀了吧。"

曾家兄弟吓了一跳，面面相觑。上玄不理他们，往前便走，江南羽连忙跟上。上玄猛然转身，冷冷地道："你跟着我干什么？"

江南羽一呆："我……我……"

"你要杀我？"上玄冷笑。

江南羽摇了摇头，他即使有心，也是无力，何况他也无意杀他。

"回你家去！"上玄一摔袖子，大步前行。

"且慢！"江南羽突然大声问道，"'胡笳十八拍'中的十三人，是不是你杀的？冬桃客栈里的老叫花，是不是你杀的？"

上玄扬长而去，头也不回："不是！"

江南羽看着他离去，长长地舒了口气，心里不知是什么滋味。杀人凶手若不是上玄，难道真是红梅？那红梅，又是什么人？一回头，却见一个白衣少女痴痴站立风中，被点了穴道，脸颊上都是眼泪。他不知是华山门下弟子萧遥女，伸手替她解开了穴道。

"啪"的一声，萧遥女跪坐于地，犹如失魂落魄，只是片刻之间，她从受尽宠爱的小师妹，变成了孤身一人……犹如置身噩梦之中，正在心神恍惚、不知所措之际，她的一双泪眼突然看见了一个红衣男子，缓步向她走来。

他长得比女子还漂亮，那身红衣就像是嫁衣，又像浴血的白衣。

她呆呆地看着他，开始的时候，就如看着视线里的石头、泥土、山和树。

他走了几步，站在那里，只听江南羽"啊"了一声："你是——"

他微微一笑，就像大雨中开了一朵小花——她迷蒙地看着他——为什么她会觉得那是满天血雨之中的一朵小花呢……总之，就是像一朵小花……然后他说："在下姓白，草字南珠。"

"'南珠剑'白少侠！"江南羽显得很是欢喜，"多年不见，风采如旧啊。"

白南珠含笑看了萧遥女一眼："这位是华山派的小姑娘吧？华山派遭遇不幸，姑娘年纪太小，看来华山派绝艺的传承，要看杨桂华杨大人的了。"

他说得无意，她不知道他称呼的是"萧姑娘"，还是"小姑娘"，但为了这句话，若干年后，萧遥女日夜勤修苦练，将华山派武功发扬光大，成就远远超过了杨桂华，这乃后话，且按下不提。

江南羽叹了口气："她遭遇师门不幸，我看也得将她送往京城，托在杨大人门下，否则孤身女子漂泊江湖，总不是办法。"

"我不要见杨师兄！"她突然大声道，"我跟着你！"

"我？"白南珠讶然，然后笑问，"你要跟着我？"

"我跟着你！"她道，"我喜欢你。"

"哦？"白南珠向江南羽看了一眼，见到他满脸惊讶之色，眼睫微微一挑，神色淡定，似乎一切皆在掌握之中，"你跟着我，不后悔？"

"不后悔！"萧遥女答得很坚定。

也许是在听说师门遭劫的时候，同时喜欢上的人吧？所以无论他日后做了什么样的事，得到了怎样不可思议的结局，她真的一生都不曾后悔过。

第四章

蝴蝶

世上也许人人都见过蝴蝶，但断翼的蝴蝶就未必人人见得，若是成千上万只断翼蝴蝶，那见到的人一定更少。

容配天从密县离去之后，也并没有走远。江湖上这几日传得沸沸扬扬，关于赵上玄身负"衮雪神功"滥杀无辜之事，她也听说了，但不以为奇。那日在客栈之中，她已叫他赶快离去，以免惹祸上身，但他非但不听，还出手打翻木桌，显露"衮雪神功"，根本不把她的话当一回事——漂泊江湖这么多年，他……他还是一心以为，他仍是当年指挥几十万禁军的燕王爷世子吗？江湖之中，无论武功有多高明，哪一日突然死了，说不定也无人知道……突然眼角有什么东西翩翩掠过，似是起了一阵风，她一回头，只见眼前无声无息地涌起一股五色斑斓的潮水，自她眼前漫过，而后升上天空，逐渐散去——

蝴蝶！

她一生走过的地方不少，见过的蝴蝶也不少，却从没见过这么多。

都是同一品种，翅膀之上似有蝴蝶图案的蝴蝶！蝴蝶双翅之上仍有蝴蝶，那是何等罕见的情形？这一群蝴蝶至少有数万只，飞舞之时，毫无声息。

容配天看蝶群散去，一低头，只见地上仍留下数以千计的蝴蝶，每只都只余下一边翅膀，仍在挣扎扑腾。她心头微微一震，如此脆弱的生命，想活下去却已全然不可能了……到底是什么让这成千上万的蝴蝶聚集于此？沿着满地蝴蝶往树林里走去，她眉心微蹙，天色虽然光亮，却已有黄昏的寒意，这满地寂静的蝴蝶，让人觉得不祥。

"天……天绝我……华山……"突然前面树林之中传来一声凄厉至极的悲号，"我对不起……华山列祖列宗……"

容配天一提儒衫下摆，倏忽之间抢入林中，只见树林中横七竖八倒着数十人，更多的蝴蝶挣扎于地，地上有一个紫衣老者，浑身浴血，左手持剑，仍在不住挥舞，砍杀蝴蝶，见她闯入，浑身一震，失声道："可是江湖'白发'？"

她摇了摇头，那老者满面失望之色，"当啷"一声长剑坠地，厉声道："天绝我华山！可怜我华山近五十年来未出过杰出弟子，未能将我派绝艺发扬光大，却居然死于这……这些毒虫之手！实让人死不瞑目！死不瞑目！"

"毒虫？"容配天单膝跪地按了按地上一人的脉门，淡淡地道，"这人尚未气绝，你哭什么？"

地上那紫衣老者正是华山派掌门崔子玉，闻言一呆："本派误中暗算，中了桃花蝴蝶镖之毒，若非尊驾闯入，都已成了那毒蝶口中之食，此刻死与不死，也没多大分别。"

"偌大一把年纪，满口胡说八道。"容配天冷冷地道，"无怪华山派近年来毫无作为，气得杨桂华破门而去，果然掌门昏庸得很。"

崔子玉气得脸色铁青，指着她道："你……你……"

她从怀里摸出一瓶药，往崔子玉手里一塞，淡淡地道："这是治疗剧毒的药物，名叫蒲草。掌门人若是尚有心救人，那就拿去救人，若是早已认命，不妨躺下等死。"

崔子玉一呆："蒲草？"

"不错，蒲草。"容配天冷冰冰地道，"蒲草全天下只有一百粒，成药于百年之前。五十粒百年前进贡皇宫，五十粒历经江湖劫难，藏于名医山庄，早已使用殆尽。这瓶里共有四十八粒，你好自为之。"言罢，掉头就走。

"且慢，阁下……阁下尊姓大名？"崔子玉脸色苍白，这四十八粒若真是蒲草，赐药之恩，重于泰山！

"你再不救，你的弟子真的要死了。"容配天掷药之时本想留下几颗，以备不时之需，但此药是上玄所赠，想起来心里厌烦，索性半颗不留，全数送人。听崔子玉颇有感恩之意，她毫不稀罕，缓步离去。

崔子玉打开药瓶，倒出一粒药丸放入口中，再一粒塞入地上那位弟子口中，只觉药丸冰凉沁香，药香散发开去，地下蝴蝶挣扎避开，果然是解毒之物。他连忙起身抢救尚未气绝的弟子们，心里却是老大疑惑——名医山庄那五十粒蒲草早已用完，那现在他手里的这瓶，难道是从前朝皇宫中传下的？就算这便是那进贡前朝皇宫的五十粒蒲草，那也该收藏于宫中，怎会到了这位白衣人手上？这位白衣人容貌和"白发"颇有相似之处，究竟是谁？崔子玉且记住此人，另一件大事又涌上心头——以淬有桃花蝴蝶剧毒的兵器重伤他门下几十人的，是"鬼王母"门下火客和唐狼。几个时辰之前，他带领弟子路过此地，撞见了一个黑色人形物事被风吹起，那黑袍之内装有机关，有几个弟子被黑袍内机关射杀，紧接着火客和唐狼突下毒手，华山派猝不及防，死伤遍地，竟无一人逃生，此时细细想来，究竟所为何事，崔子玉心中已然有数。

华山派之所以倾派东行，是接到老叫花子章病暴毙的消息。几年前崔子玉受过丐帮大恩，滴水之恩，自当涌泉相报，因而带领门下弟子悉数东行。路途之中，他突然接到一封来历不明的信笺，说明杀人凶手赵上玄不日将经过密县桃林，因而改道赶来，谁知遇上"鬼王母"门下，大败亏输，全军覆没。

想明白"鬼王母"门下何以下此毒手，崔子玉不免起疑，暗想那通风报信将大家召集到密县桃林之人到底是何居心。比之那传闻之中的凶手，这位中间人似乎更为可疑。将地上尚活着的四十六人全数救活之后，余下一粒蒲草崔子玉收入自己怀中，正要离开这是非之地，突然树林"唰啦"一晃，方才离去的那位白衣人突地回来了。

崔子玉一呆，对那人一拱手："尊驾救命之恩，日后若有所需，华山派如能做到，甘当犬马！"

回来的人自是容配天，她笔直站在崔子玉面前，沉默了大半晌："那瓶子还我。"

崔子玉愕然，自怀里摸出药瓶，递回给她。

容配天往瓶里一看，倒出余下一粒药丸，掷回给他，把空瓶往怀里一放，掉头又要走。

"且慢！"崔子玉连忙拦住她，"尊驾救我满门，请留下姓名。"

容配天充耳不闻，想了想，突然问："华山派老老小小不待在华山，跑到这里来干什么？"

"此事说来话长。"崔子玉将如何接到章病被害消息、如何满门悉数东行、如何收到信件、如何遇到"鬼王母"门下放火，而后遇袭详尽叙述了一遍。

容配天听完，嘴角微微一撇："华山派行事果然聪明得很啊。"

崔子玉如何听不出她言下讽刺之意，顿时惭愧。

"'鬼王母'门下在左近放火，烧的是什么人？"她突然又问。

"这个……在下不知。"崔子玉据实以答。

她低声问："烧的是赵上玄，是吗？"

"很有可能。"崔子玉点头，"既然我派收到了记有他行踪的信件，想必收到信件的，不止我华山一派。'鬼王母'门下对我们痛下毒手的时候，'岳家双旗'曾经出手相救，只是不敌毒火，半途败走。他们也并非本地门派，只怕也是远道而来。"

她默默听着，缓缓地道："他不远走高飞，又回到这里来做什么……"

崔子玉不明她言下所指，叹了口气。

"在江湖中过了这几年，没有半点长进，"只听她仍慢慢地说，"除了被连累、被嫁祸、被骗、被利用，难道就不会点别的吗？你……你……"

崔子玉皱起眉头，这几句容配天自不是对他说的，只见她顿了一顿，缓缓叹了口气，似乎为什么事烦恼得很。

"丐帮的老叫花子不是赵上玄所杀，"容配天抬起头看他，表情淡淡的，"你信吗？"

"这个……这个……"崔子玉吃了一惊，一时不知如何回答。

"人不是他杀的，"容配天冷冷地道，"我说的。"

崔子玉暗忖这白衣人和赵上玄定然有些关系，他虽非才智见识出众，却也是走了大半辈子江湖，此时微微一笑："尊驾救我等性命，自非残忍好杀之辈，我也觉赵上玄杀人一事有些可疑。"

容配天淡淡一笑："掌门人见事不清，倒是圆滑得很。"崔子玉这话说得漂亮，却半字不提他究竟信不信容配天的话。崔子玉惭愧，容配天又道："我要找杀人凶手去。"崔子玉忙道："本派愿效犬马之劳。"

容配天本要拒绝，突地淡淡地道："也好，你替我传出话去，凶手不是赵上玄，是白红梅。"

"白红梅？"崔子玉讶然，"那是谁？"

"一个……很美丽、温柔的女人。"她缓缓地道，"温柔的时候，像水一样，只不过……只不过……为了我，她什么都……

敢做。"

"世上真有能一招杀害'胡笳十三拍'和章长老的女人？"崔子玉骇然，"老夫不敢相信。"

容配天默然，过了许久，淡淡地道："女人，本就是男人想不明白的。"

上玄从密县桃林离去，突然转为向北，往太行山而去。曾家三兄弟跟在他身后，不住追问，上玄充耳不闻，根本不理，饶是那三兄弟多嘴多舌也是毫无办法。

太行山在嵩山以北，乃连绵山区，有五台山、太白山、白石山、狼牙山、南坨山、阳曲山、王屋山等山峰，人烟稀少，不知上玄突地钻山有何用意。曾家兄弟虽是啰啰唆唆古古怪怪，却是真心关切上玄，他身中桃花蝴蝶镖之毒，虽然功力深厚，看似无恙，却并未就此痊愈，万一哪一日发作起来，是要命的事。曾一矮建议应先寻神医歧阳或名医山庄神歆，思考救命之法；曾二矮却道应当在有命之时查明究竟是谁杀死"胡笳十三拍"和章老叫花，以免毒发无救，落得千古骂名；曾三矮又建议应当放下一切俗事，讨个媳妇，不孝有三，无后为大……三人在途中不住争吵，上玄却理也不理，不出半月，就到了太行山下。

太行山历来是兵家必争之地，自齐桓公悬车束马窬太行以来，出过许多有名的战役，千年以来山上留下不少屯兵的遗迹。但百年以来，太行山上只出过绿林好汉，却没有出过什么英雄豪杰，硬要说有，最多就是"梧井先生"叶先愁了，但他早已死在二十几年前。曾家兄弟想破脑袋也想不出上玄到这深山里来做什么。

唐天书是叶先愁的义子，唐天书练有"秋水为神玉为骨"，也许和叶先愁有些联系，而白南珠也练有"玉骨"，说不定，和唐天书、叶先愁也有些联系。上玄北上太行山，不查明白南珠武功来历，不能克敌制胜。他虽不如容隐或聿修那般才智出众，却也并非笨蛋，这一路上遭遇围剿暗算，被人嫁祸，那杀死"胡笳十三拍"、章病以及冬桃客栈店小二的人是谁，他岂能不知？白南珠假扮"红梅"，滥杀无辜，而后嫁祸于他，究竟是借刀杀人之计，还是有其他图谋……若只是要杀人，以白南珠的武功，杀他也并非不可能，何必布下嫁祸之局？若不是为了杀人，那又是……为了什么？赵上玄并非庸手，纵然他白南珠聚齐数百之众半途设伏围剿，也未必当真能要他性命，为的是什么、为的是什么……

他只是想保护配天，有白南珠那样的男人在她身边，太危险了。她究竟知不知道与她同床共枕多年，一直以女子之身陪伴她的，究竟是什么人？

他必须打败白南珠，他要保护她。

无论她是一个怎样独立和坚强的女人，他都想保护她。

春季的太行山，草木茂盛，有些树木高耸得不可思议，行走于林道之中，光线阴暗，不住有蚊虫飞舞，道边各种野花盛开，被雾气氤氲得十分潮湿。上玄和曾家三人沿着林道往深山深处行去，未过多时，便到了一片梧桐树林。

梧井林，井中居。

江湖中人尽人皆知"梧井先生"叶先愁居于梧井林、井中居中，虽然时间已过去二十几年，梧井林依然树木萧萧，盈绿至极。那梧桐树林中生满青苔的房屋，就是当年名满天下的井中居。上玄缓步走到房屋之前，青苔遍布的庭院不免给人阴森之感。当年叶先愁在家中被屈指良所杀，唐天书自此屋离去，寻得乐山宝藏，就不曾再回来过。

"这……这里恐怖得很……"曾一矮见上玄要去开门，吓了一跳，"你当真要进去？"

上玄"吱呀"一声推开门，"嘿"了一声："至多白日见鬼，有何可怕之处？"

曾家兄弟却都一齐怕鬼，看他推开大门，"哎呀"一声，一齐闭上眼睛，有的念阿弥陀佛，有的念无量寿佛，有的念我的妈我的祖宗，各不相同。

上玄凝目往屋中看去，屋里空空如也，遍布蛛网，不少爬虫见到光亮之后纷纷闪避，还有些蝙蝠住在屋中，蠢蠢欲动，发出"吱吱"之声。此地果然是空置了二十多年，已全然不能住人，更不像近期有人来过。他往房内转去，踏入的那间曾是书房，架上依稀可见许多发霉之物，生长着不少形状古怪的花草，曾经的书卷早已不可辨认。

书架上有块地方空了，上玄抬手轻轻一摸，擦去上面的青苔和泥土，露出一个极其方正的空隙——显然原本放着书，而后却被人拿走了。

书房之中，究竟是什么东西被人拿走了？

他自幼受教，知道凡是这等众多的藏书，犹收拾得如此整齐，书卷之中必有目录作引！虽然房中的"书"早已腐坏，他却很快找到了曾经是目录宗卷的那一本，将那本"书"自架上拔了出来，掉下许多泥土和小虫，书卷本身千疮百孔，模糊不清，但在"四排四列第四十四本"上，却依稀留着几个字"伽……蓝……往生谱"……

合上书卷，他曾经读书万卷，对于《伽蓝往生谱》却没有印象，更不知道其中含意，一低头，在地上突然见到一样东西，令他全身一震。

一柄剑鞘，鞘为珊瑚所制，色泽微红。

那是配天的东西——配天曾经来过这里？他突然找到了白南珠和"秋水为神玉为骨"的联系——配天曾来过这里——这里是"玉骨"的起源——难道白南珠和配天是在这里相逢的？白南珠来到这里可以解释为寻访"玉骨神功"而来，配天来这里做什么？

是为了什么？

被拿走的书又是什么内容？放置在这里这么多年，难道那本书没有腐坏吗？

上玄心里疑惑重重，叶先愁在书房内留下了什么？或者是唐天书在书房内留下了什么？那本书和白南珠的武功来历有关吗？伽蓝往生谱、伽蓝往生……伽蓝往生……他喃喃自语，在心中反复念过，依稀在记忆中，曾经见过相似的东西——在哪里？在哪里？他突然"啊"的一声抬起头来，呆呆地看着那空去一块的橱柜，是《伽菩提蓝番往生谱》！

《伽菩提蓝番往生谱》！

他心里犹如翻江倒海，在明白那是本什么东西后，涌上心头的是难以言语的伤心，和无以名状的痛苦。

《伽菩提蓝番往生谱》，那是一本传世邪功，传闻"秋水为神玉为骨"和"衮雪神功"都是它其中之一，它最可惊可怕之处，在于它传授一种古怪的功法——练此功之人只有二十五寿岁，但在功成之后，二十五之前，将无敌于天下！也就是以寿命换武功！此书在百年前已经失传，若非他机缘巧合练了"衮雪"，世上只怕再无第二人知晓有关《伽菩提蓝番往生谱》的半点事情。

拿走此书的人，必定练了"往生"。

寿命和武功，究竟什么更重要？或者绝大多数人，更珍惜生命，所以叶先愁没有练、唐天书没有练，虽然他们都不得善终，但都活过了二十五岁。

是什么人不怕死，练了"往生"？是什么人只愿活二十五岁，而要在二十五岁之前横行天下？是谁有这样的勇气、这样的野心，这样霸道……这样不顾一切？

白南珠吗？

上玄茫然失措，是白南珠吗？

如果是的话，他又是为了什么？

为了……配天……吗？

如果真是为了配天，他要怎么办？

他完全……做不到……他完全不能为配天做到这些！他做不到！连一样也做不到！那……那……是不是我真的爱你不够，是不是真的是我……是我的错？配天啊配天，我根本做不到，像他那样对你……我……我……

我是不是、根本不会爱你？

上玄呆呆地看着那橱柜，看了很久，方才转过视线，往其他房间走去。迈入书房之后的房间，只见一柄长剑钉在房门之上，那剑剑柄虽然锈迹斑斑，剑刃却仍湛亮如新，正是容配天当年所佩的"红乍笑"。他仔细凝视长剑所钉住之物，乃一块破布，布上依稀绣有"韦悲吟"三字，挑开破布，却是一块衣角，看此情状，必是配天掷剑，将此人衣角钉在门上，那人用力一挣，衣袖扯破，留了半块袖角在此门上。看此剑仍在门上，可见配天掷剑之后便无力取回——当年此地，必有一场搏杀。

究竟曾经发生过什么？配天曾经遭遇过什么非常危险需要掷剑以自保的事吗？那时候白南珠是不是在她身边？这个叫

作"韦悲吟"的人，究竟是谁？他凝视着那柄长剑，才发觉，其实自己从未想过，原来她也会遇到危险……只是害怕她不愿见到自己，只是害怕她冷漠绝情，却从来没有假设过——如果她遭受痛苦、如果她遇到危险、如果有一天她无声无息死在人海的角落，如果自己终其一生都不知道她所遭受的痛苦——他悚然冒出冷汗，已不敢再往下细想，心头怦怦直跳，这几年她定然遭受过许多劫难，自己却该死地一直没有陪在她身边！甚至……从未担心过她。

我……我……他握起拳头，突然之间，心中残留的关于"皇室宗亲"的自尊"喀啦"崩裂，那一刹那他承认他想求她原谅，想立刻找到她，想流泪诉说当年选择复仇是怎样愚蠢的事！但是、但是、但是她究竟人在哪里？她远在十万八千里之外。

"老大？"曾一矮见上玄进入井中居大半天还不出来，终于忍耐不住在门外嚷嚷，"瞧见叶先愁的鬼魂没有？看到什么了？"

上玄很快退出井中居："没什么。"他嘴上说得淡淡的，曾家兄弟却都见他脸色苍白，显然在屋中见到了令他震惊的事物，不免心里发毛，齐声道："我等还是赶紧下山去吧。"

他们到了山下，很快听到了江湖上的新消息——华山派遭"鬼王母"门下袭击，居然未死，侥幸逃生，传闻为一白衣公子所救。而赵上玄杀"胡笳十三拍"和章病一事又有了惊天变化——有人道凶手并非赵上玄，而是一个名唤"白红梅"的女人。

传闻白红梅温柔美貌，年纪很轻，却杀人不眨眼，男人见了无不倾倒。但如此传闻并不被大多数人接受，毕竟一个年轻女子要杀死如此多江湖一流高手，未免牵强，若她真有偌大本事，早已名满天下，绝不会从未耳闻；又何况无论是"玉骨"还是"衮雪",都不适合女子练习,于理于情,凶手都不该是个女子。

江湖白道几个顶尖的人物已在江南山庄会合,以"白发"和"天眼"的断事之能,很快传出消息,江南山庄将分兵两组,一组追踪赵上玄,一组查明白红梅其人。这两组人马分别以"白发"和"天眼"为首,据称即使踏遍江湖寻遍寸草,也要查明凶手。此事也引起了一阵小小的震动,"白发""天眼"二人名声响亮,却甚少过问江湖事务,多年来都在隐居,居然为了"胡笳十三拍"被害一事奔波江湖,这让不少人暗暗感激。

听闻"白发""天眼"亲自出山追查此事,曾家兄弟眉开眼笑,说距离真相大白已然不远,世上还有什么比这二人亲自出马更让人放心的?上玄一张脸上没有半分高兴之色,越发沉默寡言,有时目中掠过少许恨恨之色,天下皆以为他是滥杀无辜的恶徒时他并不在意,此时有人要替他查明真相时他反而生气,也不知在恨些什么。

容配天让华山派将白红梅才是杀人凶手一事传扬出去,那崔子玉倒也卖力,修书几封,说明自己如何受人救命之恩,如何听那位恩公言道赵上玄并非滥杀无辜的恶徒,一切经过皆详细道来,而后派遣弟子送往各大门派。与此同时,一人闻言前来,此人姓白,名南珠,号称"南珠剑",前来告知华山派女弟子萧遥女的下落。

这位"南珠剑"白少侠,看起来有些眼熟。容配天目不转睛地看着白南珠的一举一动,自从昨日这位白少侠前来通报萧遥女的下落,她就觉得他眼熟得很,但其人相貌俊美,温文尔雅,风度翩翩,之前分明从不识得。和华山派崔子玉等人分道扬镳之后,她要前往江南山庄寻找兄长,这位白南珠白少侠也正巧要到江南山庄拜访江南羽，于是结伴而行。

"容公子出手救华山满门，解桃花蝴蝶镖之毒，实是令人佩服，但不知容兄用的什么药物，能解剧毒？"白南珠含笑，给她端了杯茶——歇脚客栈之中，他正巧沏了一壶奇兰，正是她喜欢的茶叶。

端起淡淡喝了一口，容配天眼望窗外："世上谁不知桃花蝴蝶无药可救？若非蒲草，何物能解桃花蝴蝶之毒？"

白南珠脸现惊讶之色："蒲草药方传闻早已失传，世上仅存的四十八粒，也在皇宫之中，不知容兄如何得到此药的？"

容配天淡淡地答："受人所赠。"

"不管是何人所赠，想必也是含有深意。"白南珠感慨，"只盼容兄身体康健，无病无灾吧？"

她微微一震，手指不觉轻轻一触怀里的药瓶，改了话题："不知白兄到江南山庄有何事？可也是为了追杀赵上玄？"

"不。"白南珠正色道，"前往江南山庄，除了拜访故友江南羽江少侠之外，更是要带去一条重要消息。"

"什么消息？"她低声问。

"容公子可知'九门道'韦悲吟？"白南珠微微一笑，"这位魔头自数年前失踪之后，近来再度出现，听说得了叶先愁一本药书，已杀了几人，用人心人肝炼药。我自南而来，其实近来江湖上除了赵上玄滥杀无辜一事外，尚有几件事江南山庄务必要留意，韦悲吟是其一而已。"

"韦悲吟。"她脸色不变，缓缓地道，"我知道韦悲吟，此人脾气古怪，从数年之前就热衷于歪门邪术，曾想将妙龄少女活活推入炼丹炉中炼药，武功高强，残忍好杀。"

"除了韦悲吟之外，尚有一位黄衣怪人，以一柄怪剑为兵器，在南蛮一地，杀害苦布族全族，共计三百三十九人。"白南珠道，"此人姓名不祥，来历可疑，江南山庄为江湖执牛耳，不可不防。"

"如今，江湖上下，无不在谈论赵上玄杀人之事，各门各派，也都以生擒赵上玄为荣。"容配天淡淡地道，"但他并非凶手。"

"哦？"白南珠含笑问道，"为何说赵上玄并非杀人凶手？"

容配天默然，过了一会儿，突然冷笑一声："他们说杀死'胡笳十三拍'是为了劫财，胡说八道……赵上玄何等家世，会为了区区五十两黄金白银去杀人？何况他……何况他本就……"她的语调慢慢轻了下来，"他本就……从未杀过人，杀人犯王法，他绝不会杀人。"

"容兄和他很熟？"白南珠微笑，"何以如此笃定？"

容配天沉默良久。白南珠似是很了解她，一边坐着，极有耐心地等待，过了很久，她缓缓点了点头，算是对"容兄和他很熟"那句问话的回答，却并不说话。

"在下和容兄一见如故。"白南珠并不追问，将奇兰泡得分外芳香，"既然容兄坚信赵上玄绝非凶手，在下也就信了。"

她有些意外，这个感觉很熟悉的陌生人所说的每一句话她都不反感，每一句话都恰到好处，她很少对人生出好感，却不由得对白南珠另眼相看："凶手并非赵上玄，而是白红梅。"

白南珠扬起眉头，笑问："怎么说？这位白姑娘又是何人？"

"她是我的妻子。"容配天缓缓地道，"数年之前，我从韦悲吟手下将她救下，她便嫁给了我。"

白南珠笑道："那便是以身相许。"

她点了点头。

白南珠问道："既然是这样一位温柔佳人，又如何说她是凶手？莫忘了，在你从韦悲吟手中将她救下的时候，她定然没有杀人之力。"

"正是因为亲手将她救下，所以数年以来，我从未怀疑过
她。"她淡淡地道，"无论她夜间出去多晚、多久，无论她带回
来什么东西，我从不怀疑。在我心中，她始终是个温柔美丽的
寻常女子，深情如水，善良贤惠。只不过她的身世来历、银钱
的来路，我始终不知，也知道她有些事瞒着我，却从未想过究
竟会是何等事……直到有一天，我却发现，她瞒着我的事，竟
可怕得很。"

"哦？"白南珠含笑。

"她竟能在众目睽睽之下，凭手指弹出毒粉，将数百条毒
蛇一一毒死。"容配天慢慢地道，"那时桃林之中，我们被毒蛇
围困，数百条毒蛇喷出毒液，形势甚是危急。桃林雾重，毒蛇
喷出毒液之后，更是视物不清，旁人或许都看不见，我却瞧得
很清楚——她弹出毒粉，刹那之间，毒死了数百条毒蛇……每
一点毒粉都落于蛇头正中，仅凭一手五指，施展'满城烟雨'，
能分落数百之处，如此手法，即使称不上惊世骇俗，也算人所
未见。"她缓缓地道，"那是'秋水为神玉为骨'！"

"那又如何？"白南珠道，"即使这位姑娘深藏不露，也未
必便是凶手啊。"

"那日冬桃客栈杀人之法，若非'衮雪'，便是'玉骨'，
其余武功，绝不可能那般杀人。"容配天淡淡的语调起了一丝
激动，"世人皆以为是'衮雪'，但我知道……但我知道他……
赵上玄'衮雪'之功尚未功成圆满，仅以一招勒死十三人，一
脚之力杀丐帮章病，他做不到。"

白南珠微微一笑："不错，若是赵上玄做不到，那便只可能
是'玉骨'了。"

"所以——我定要去一趟江南山庄，说明凶手并非赵上玄，而是白红梅。"

"但容兄和夫人同床共枕数年，夫妻之间，难道就无半分情意，只为一个陌生人，容兄就对夫人如此绝情？"白南珠道，"难道不曾问过尊夫人是否有难言之隐？到底因何杀人？"

容配天默然，过了好一会儿，幽幽地道："她……她一向待我极好，只是我……我……"

"可是在容兄心中，到底江湖正道胜于儿女私情，白某佩服，佩服。"白南珠朗声大笑，"挥慧剑斩情丝，实在是英雄所为啊。"

她的脸色顿时煞白，蓦地站起："我欠她良多，我信她杀人放火，也多是为我——但……但……即便是如此，也不能将杀人之罪推于他人。我愿与她同罪，今生今世，我可同她一般不得好死，但……但不可连累他人。"她颤声说完，突然一呆——只见白南珠的眼泪夺眶而出，"嗒"的一声湿了衣衫，她指着他的眼泪，"你……你……"

白南珠微笑，他只掉了那么一滴眼泪，剩余的泪水在眼睫间闪烁："我却为容兄感动，失仪了，惭愧，惭愧。"

她看着他哭泣的样子，目不转睛——在他掉泪的一瞬间，她竟觉得熟悉得很，仿佛多年以来，曾百次、千次，如此直视他哭泣一般。

第五章

不妨死

上玄和曾家兄弟几人自太行山折返，开始打探白南珠的行踪。此人如果学会《伽菩提蓝番往生谱》中的种种异术，要易容成女子自是容易至极。红梅杀人一事被配天发觉之后，他便以"白南珠白少侠"的身份行走江湖，而江湖中人却不知白南珠便是红梅，此事实在不妙。

春尽夏至，自太行山南行，沿途烟柳荷花，景致温雅醉人。上玄几人先乘船自黄河，而后沿运河南下。曾家兄弟生平惯在草丛里来来去去，倒也未坐过这等大船，大呼新鲜。上玄一人关在房内，自从听闻"白发""天眼"亲自出山寻找自己，他便满脸阴沉，曾家兄弟自也不敢和他说话，以免一言不对，被他扔下河去。

运河流水缓慢，所过之处城市繁华，这条船上也并非只有上玄四人，乃一条运送客人的旅船，船上尚有十几名大汉。以曾家兄弟的江湖经验来看，这些人分明不是寻常旅客，倒像哪个帮派的手下。那十几个大汉分明也看曾家兄弟模样古怪，言谈之间都客气得很，不敢轻易得罪。

这日天气良好，船过徐州，两岸民宅倚水，炊烟袅袅，民生安定。一个黄衣人缓步走到船舷边，放眼看岸边景色，一声叹息。他身边一人问道："杨……杨爷何事不快？"

那黄衣人三十来岁年纪，透着一股书卷气，气质自华，闻言挥了挥手，示意身边那人退下，眼望河水，低声吟道："自从别京华，我心乃萧索。十年守章句，万事空寥落。"

曾一矮大皱其眉——这人吟诗的声音虽低，却用上真力，字字句句都让人听得清清楚楚，功力深湛。而且听这诗中之意，难道此人竟是从京城被贬的官员，有满腹不得志的牢骚？便在此时，曾三矮悄悄踩了他一脚，低声道："鞋。"曾一矮仔细一看，此人穿的是淡黄儒衫，脚上着一双锦鞋，鞋面一抹卷云之图，那图并非刺绣，却是印染——这雕版印染之法乃皇宫侍卫衣裳独有，民间禁止打造，看来此人并非贬官，竟是宫廷侍卫。

宫中侍卫，怎会乔装打扮，坐上渡船，远下江南？曾家兄弟远远避开，江湖中人不与官府来往，这十几人既然是宫中侍卫，所谋之事必然重大，不惹祸上身为妙。

便在此时，却有人冷冷地道："你是在替我掉眼泪吗？"曾家兄弟一怔，心里大奇，只听那姓杨的侍卫微微一笑，转过身来，"出了汴京，你不是王爷，我也不是步军司，你我之间，难道不是朋友？我可请故友出来一见吗？"

王爷？曾家兄弟大吃一惊，心头尚未想清楚"王爷"是什么玩意儿……只听上玄又道："自离城之后，赵上玄一事无成，但杨兄若是要替我吟诗掉泪，大可不必。"

那姓杨的侍卫微笑道："燕王爷突然仙去，皇上也深感惋惜，十分伤痛，早已于去年下旨，封你为乐王。你突然失踪不见，皇上挂念至极，重修了燕王府，亲笔给你题了匾额，只等你回去住呢。"说话之间，他却并无奉承、微笑之意，却略有惋惜。

"皇上的意思，是说我若肯回去当个喝酒享乐的主，不再惹事，他便罢了？"上玄冷笑，"封王的代价，闭我一生？"

姓杨的侍卫点了点头，也不矫饰："但皇上并不知道王爷在此，我也不知，今日相遇，不过偶然。"这位姓杨的侍卫，正是华山派的逆徒杨桂华，如今为当朝侍卫亲兵步军司，兼都巡检，掌握京师治安，亦为开封府擒拿钦犯。

"杨桂华，你不是来替皇上捉拿乱臣贼子的，那带领'惊禽十八'远下江南，所为何事？"上玄仍不出来，在房里冷冷地问。

"我等已是第二次离开京城，去年此时，我等亦下江南八月有余。"杨桂华道,"但要找的人始终没有消息。"

"吱呀"一声,上玄房门大开,他大步走了出来,脸上变色:"你们是为了圣香而来？"

杨桂华点头："不错。"

曾家兄弟听得目眩神迷,突而上玄变成了"王爷",忽而杨桂华口口声声称"皇上",忽而上玄自称"乱臣贼子",忽而又说到了"圣香"。这位圣香少爷他们也是知道的,去年江湖风云变色,洛阳一战碧落宫取胜隐退,祭血会覆灭,李陵宴死、玉崔嵬死、毕秋寒死、屈指良死,似乎都和这位圣香少爷有所干系。自"鬼面人妖"玉崔嵬死后,江湖便不再听闻圣香的消息,却又为何有宫中侍卫微服南下,寻找圣香？

"他并未做错什么。"上玄冷冷地道,"他不过是个好人而已,既不会谋反,又不会杀人,假传圣旨一事也是逼于无奈,既已失踪,皇上难道还不放过他？"

"皇上或许只是想念他。"杨桂华微笑,"就如皇上也甚是想念你。"

上玄脸色阴沉,"嘿"了一声:"皇上难道还指望你们把我生擒了回去？"

杨桂华摇了摇头:"皇上既然要臣下替他找人,臣子自然要找,至于找到之后究竟要如何,那也是皇上的事,我等只待圣旨便是。"

"像你这样的人,说会反出华山派,倒也是奇怪得很。"上玄冷笑,"一条好狗！"

杨桂华并不生气:"出了京城,你我都是江湖中人,本是故友,若能把酒言欢,自是最好。"他微微一笑,"如王爷不愿折节下交,属下自然不敢勉强,王爷要往何处去,属下也不敢阻拦。"

上玄反而一怔，旁人对他厉声厉色，辱骂指责，他自是不惧，但如杨桂华这般客气，他却有些难以发作，顿了一顿，转身将自己关入房中。

　　杨桂华脸带微笑，摇了摇头，上玄的脾性他自是清楚，但便是如此不戴面具，才让人觉得他在那九人之中，最是有真性情。他忽而斜眼往一旁看了一眼，那三个矮子正在船尾交头接耳，不免莞尔，此事若再传扬出去，上玄身份揭露，加上近来杀人之事，便能逼他回京或是彻底归隐了吧？以他的私心而论，实是希望上玄能就此避入深山，得全其身。

　　船尾一端，曾一矮道："他居然是个王爷。"曾二矮也道："他居然是个王爷。"曾三矮又道："他居然……"曾一矮和曾二矮异口同声道："你不必再说了。"曾三矮眉头一竖，临时改口，"是个乱臣贼子。"曾一矮点了点头："这姓杨的狡猾得很，赵上玄笨得很，多半不明白他正在被人骗。这姓杨的明明是来找他的，却说不是。"曾二矮也点了点头："他们和我们同日上船，同船三日，才开口接话，分明想了很久要怎么对付他。"曾三矮道："他们不过是怕了他的武功而已。"

　　"怕了他的武功，反而最好办。"曾一矮道，"等船到岸边，咱们扬长而去，难道他们还拦得下咱们？"曾二矮皱眉："他们本就不想抓他回去，只不过想逼他回去而已，如果他们逢人就说赵上玄是个什么乐王，那还得了？"曾三矮点头："一个王爷，无论如何也不能为江湖中人接纳，即使没有人上门找麻烦，也不会有朋友。"曾一矮道："那咱们只好把这些人一一撂倒，或者干脆统统杀了，不就行了？"曾二矮和曾三矮大喜："此计大妙，只待天黑，咱们便把他们统统杀了。"

　　正在此时，河中又有一条船缓缓驶来，乃往北而行，船上之人多穿青衫。曾一矮"咦"了一声："奇怪！那好像是江南山庄的船。"

"那人满头白发，难道是他？"曾二矮失声道，"他们找上门来了！"

此时正是北风，那船来得甚快，船头一人满头白发，在人群中分外显眼，正是江湖中人称"白发"的容隐！河风之中，只听他淡淡地道："来船之中，可有上玄其人？"

"喀啦"一声，上玄的房门应声而开，他一跃而上船头，冷冷地看着河上来船，一言不发。

容隐所乘之船随风而行，猎猎声中，已缓缓接近。

那船头上的两人，亦缓缓接近。

自从泸溪一别，已是几年未见，却不知此时相见，竟是如此情形。

衣发飞扬，河风甚烈。

容隐目不转睛地看着上玄，多年不见，上玄脸色苍白，颇有憔悴之色，只是双目之中那股狂气，依然如故，仍旧不知圆滑为何物。

上玄也目不转睛地看着容隐，圣香曾说过容隐未死，到此时他才亲眼见着了！多年不见，容隐满头白发，据说是为朝政所累，那目中光芒，犀利依然，丝毫未变。

杨桂华听到那一声"来船之中，可有上玄其人"就已蓦然转身，等见到白发容隐，他也是目不转睛地瞧了好一会儿，方才提气道："朝野上下都道容大人已经亡故，伤心不已，大人依然健在，实是我朝之福，百姓之幸。"

此言一出，"嗡"的一声，容隐所在之船顿时哗然，不少人脸色惊疑，议论纷纷。上玄一跃而出，容隐便没留心船上尚有官兵，闻言微微一怔，目光转到杨桂华身上，淡淡地道："杨都巡检离京，莫非是为我而来？"

"不敢。"杨桂华拱手为礼，"皇上思念大人，每到大人忌日，总是伤怀不已。去年曾听闻江湖传言，据说大人未死，我等奉命寻访，希望大人回京，重为朝廷效力。"

容隐淡淡地问："容隐既然未死，你可知我所犯何罪？"

杨桂华沉默，过了一会儿，答道："欺君之罪。"

"既然是欺君之罪，如不杀我，我朝威信何在？又何以律法治天下？"容隐仍是淡淡地道，"以你之言，岂非视我朝律法为无物？"

杨桂华一怔，顿时难以回答，皱眉沉吟。

"容隐，他真是想念你得很，你若复生，多半他不会杀你。"上玄冷笑，"说不定叫你改个名字，仍旧收在身边当条咬人之狗，厉害得很。"他往前一步，踏到船舷边，足临河水，冷冷地道，"但你莫忘了，你曾托圣香寄我一言，我不可造反，你不妨欺君，你可以抵命——你要我记着你还没死，记着要找你报仇……"他突地一声大笑，"如今我未谋反，我听了你的话急流勇退，没有动过他赵炅半根头发，你是不是该守你的承诺，认你的欺君之罪，死给我看？"

话音落后，两船俱是一片寂静，人人以形形色色的眼光看着容隐。有些人是诧异；有些人是茫然；有些人隐约听懂，半是骇然，半是担忧；也有些人幸灾乐祸，心里暗暗好笑。

北风吹起容隐的白发，日光之中，他的脸色丝毫未变，突地众人只听"当啷"一声，眼前一花，杨桂华腰侧一凉，探手一按，腰上佩剑已然不见。众人纷纷惊呼出声，却是容隐已然跃过船头，出手夺过杨桂华的长剑，倒转剑柄放入上玄手中，剑尖指着自己的胸口，冷冷地道："容隐之言，自来算数。"

上玄手中握着自杨桂华身上夺来的长剑，剑柄冰凉，容隐负手身前，毫不抵抗。容隐会挺胸受剑，大出他的意料，他自然明白以容隐心性，一剑刺出，他必挺胸迎上，绝不会逃，但不知为何心跳加剧，手掌冰凉，竟无法立即一剑刺出。

容隐踏上一步，阳光之下，彼此发际眼睫、肌肤纹理，无不清晰可见，连呼吸之震动，都彼此可闻。

"你不敢吗？"容隐淡淡地问。

上玄闭上眼睛，抵身剑柄之上，一剑刺出，剑出之时，他已抵到了容隐耳边，低声问道："你娶她之时，可曾答应过她，绝不再死？"一言问毕，衣上已然溅上鲜血，长剑透胸而过，直穿背后，剑尖在阳光下仍旧熠熠生辉。

容隐本来脸色不变，即使长剑透胸而入，他仍站得笔直，陡然闻此一言，全身一震。上玄手腕一抖，拔剑而出，连退三步，容隐胸口鲜血喷出，顿时半身是血。只听上玄仍是低声道："你敢受我一剑，杀父之仇，就此——"他一句话尚未说完，容隐猛地按住伤口，上前三步，一把抓住了他，用力之猛，直抓透了衣裳："且慢！"

上玄全身僵直，突然厉声道："还有什么事？"

容隐嘴角溢出血丝，重伤之下，仍旧站得笔直，一字一字地道："那'土鱼'贾窦，被人打得伤重而死，虽有人证，我仍不信是你所杀……"

"不是我杀的。"上玄大叫一声，"放开我！"

容隐仍是摇头，竟是死不放手，却已说不出话来。

对船之人终于惊醒，一片哗然，但此时风向转西，两船之间距离渐远，却无人可以如容隐那般一跃而过，徒自焦急。杨桂华在旁微微一笑，走了过来："看来容大人可以和我等一道回京，虽然王爷剑下留情，这一剑伤势仍然不轻，皇上定会为容大人善加医治……"言下之意，竟是要趁容隐重伤之际，将他生擒。

容隐死死抓住上玄的肩头，喘息之间，口鼻都已带血。方才上玄一剑虽然没有刺伤其心脉，却仍是透肺而过，他不肯退下医治，时间一久，也必致命，但不知何故，他竟不肯放手。上玄抓住他的手腕，怒道："放手！"容隐却是越抓越紧，眼神之中没有丝毫让步。上玄勃然大怒，要将他的手自肩头扳下，竟然扳不动："你再不放手，难道要死在这里？"

"跟……我……"容隐忍了好一会儿，终于一字一字低声说出话来，"回去……"

"我为何要跟你回去？今日你既然敢受我一剑，你我过节就此了了，我既非白道英雄，又非黑道好汉，我走我自己的路，和谁也不相干！"上玄怒道。

"聿修……和我……还有……圣香……"容隐换了口气，"都在等你……"

"等我？"上玄心跳渐快，不能自已地激动道，"等我什么？我和你们本就不是一路！你们是江湖大侠少年俊彦，我……我……"他竟声音哑了，"我……""我"什么，他却已说不出来，也说不下去，当年猖狂任性的燕王爷嫡长子啊！

"回来……"容隐低声道，语调沉稳，此二字全然发自心中，没有半分勉强欺骗之意。

等你回来。

上玄脸色惨白，眼眶突然湿了。他像一个做错事的孩子，他是一个做错事的孩子，突然之间，听见有人对他说"等你回来"，就像从来没有人责怪过他，就像从来大家都理解着他，一直看着他——就像他一直是那样简单可笑，就像他一直是那样笨拙天真，但即使有不甘心和屈辱感，仍然……仍然发现，其实多年以来，一直有人关心着他、想念着他……

心……"砰"的一声，落了地，他心里很清楚，这是他从小到大都没有找到的感觉……

归属感……

家的感觉。

亲人的感觉。

他竟从恨了多年的仇人那里，找到了家的感觉。

便在此时，杨桂华双手扶住容隐的肩头，微笑道："王爷可以放手了，容大人就交给属下。"

容隐肩头微晃，此时此刻，他竟仍避开杨桂华一扶。杨桂华一怔，双肘一沉，搭上了容隐腰侧。容隐闭上了眼睛，脸色苍白，没有半点血色，眉心微蹙，立掌下劈。杨桂华翻掌和他对了一掌，"啪"的一声，连退三步，脸现惊讶之色，似乎对容隐仍能震退他三步感到十分震惊。此时上玄满脸阴晴不定，突然双手一托，挟带容隐跃过五丈河面，上了江南山庄那船船头。见他一跃而上对船，曾家兄弟也跟着跃出，却是"扑通"三声掉入河里，七手八脚被对船的人救上去。

杨桂华不料上玄竟会出手救人，"哎呀"一声，对船已掉转船头，顺风远远而去。

"杨大人！"杨桂华身边有人道，"大人不让属下出手，错失大好机会。"

"我怎知乐王爷会出手救人？他们明明是仇人。"杨桂华叹了口气，"他们武功高强，不宜硬拼，看来只能等待下次机会。"

他转过身来，和蔼地道，"我们跟着他们的船走吧，不要被人发现了。"

江南山庄的船上一片混乱，七八个人围绕在容隐身边，其中五六人手持兵器指向上玄要害，容隐神志未失，低声道："让……开……"他语音低弱。上玄怒道："让开！"他一喝之威，倒是让江南羽等人连退了几步。

"白大侠伤势不轻，尊驾要先将他放下，我等方好施救。"江南羽深知此人任性，只能软言相求，不能硬抢，否则说不定上玄便将容隐扔下河去，所以先行收起了兵器。

上玄把容隐往江南羽手中一塞，自行转过身，看着运河碧绿的河水，一言不发。

江南羽急忙将容隐递与船上精通医术的老者，众人一齐围上抢救，幸而上玄一剑刺得极有分寸，虽伤及肺脏，鲜血却都已流出，并未积存肺内，只是外伤，敷上伤药之后，止了流血。容隐闭目让众人施救，敷药之后，便要开口。敷药的大夫连忙道："白大侠此刻不宜开口，应静养安神。"容隐不答，上玄却蓦地转了过来，冷冷地问："什么事？"

众人见此情形，有心阻拦，却心知二人之间必有隐情，否则容隐绝不会任上玄刺他一剑，两人有要事要说，谁也不敢阻拦，面面相觑，人人远远避开。

容隐经急救之后，气色略好，坐于椅上，衣襟依然浸透鲜血，煞是恐怖。他的神色却仍冷静，上玄仍站在船边，冷冷地道："你想问什么？配天人在何处？她早就走了，我也不知她身在何处，你问我也无用，你不曾找她，我不曾找她，她死了也没人知道……"

"配天之事，容后再提。"容隐低沉地道，"既然贾窦并非你所杀，杀人凶手是谁，你可知道？"虽然他身受重伤，言语之间一股威仪仍在。

"白南珠。"上玄道。

"白南珠？"容隐淡淡地问，"那红梅又是何人？"

"白南珠就是红梅，红梅就是白南珠。"上玄冷冷地道，"白南珠从叶先愁那边得了《伽菩提蓝番往生谱》，练了'玉骨神功'，要乔装女子，半点不难。他假扮女子，和配天做了几年假夫妻，但为何要杀人放火，我却不知。"

"他和配天做了几年假夫妻？"容隐眉头一蹙。

"一个男扮女装，一个女扮男装。"上玄冷笑，握起了拳头，"他说他可为配天做闺中密友，可为她杀人放火……"

容隐目视运河，淡淡地道："哦？"

上玄怒火上冲："哦什么？他分明已经癫狂，疯子做事自然莫名其妙，不知所云……"

"他既不是莫名其妙，也不是不知所云。"容隐淡淡地道，"只不过你不懂，或许我也不懂。"他顿了顿，"白南珠现在在江南山庄。"

"嘿！"上玄冷笑一声，心里犹自不服——什么叫作你不懂，或许我也不懂？

"配天也在江南山庄做客。"容隐道。

上玄蓦地回头："他们又在一起？"

"他们一直在一起，"容隐淡淡地道，"我看她和白南珠在一起，至少比和你在一起高兴些。"

上玄又是一怔，却听容隐缓缓加了一句："白南珠所作所为，你不懂，或许我也不懂，但他既不会对配天不利，也不会对你不利。"他一双眼眸淡淡地看着上玄,"他要配天快乐些,自然不会害你。"

"以你之意,他是情圣,我对你妹子始乱终弃,他了不起,我该死?"上玄大怒,猛地提高声音,厉声说道。

容隐对他的厉声指责充耳不闻,只淡淡地道:"我只说他不是疯子。他滥杀无辜,自是该死,你对配天究竟如何,只有你自己清楚。"他缓缓闭上眼睛,重伤之下,毕竟困倦,突然道,"今日杨桂华实是放了你我,你知道吗?"

上玄一怔:"什么?"

"他最后抓我那一记,我掌上没有半分力气,他自行退后三步,借故退走,否则我重伤之后,多不能全身而退。"容隐平静地道,"'惊禽十八'中必有人监视他,杨桂华对你我实是有情。"

杨桂华竟放了他们?上玄呆了半晌,只听容隐语气渐转森然:"他今日放了你我,若日后为人发现,奏上朝去,那是杀头之罪,那时你可会救他?"

上玄又是一呆,容隐睁开眼睛目不转睛地凝视着他,见他半晌答不出来,容隐又缓缓说了下去:"你会吗?"

"我……"上玄心中一片混乱,迟疑不答。

"你会。"容隐平静地道。

上玄迟疑许久,终是默认。

"那若是日后你发现白南珠对你有恩,即使他滥杀无辜,恶行无数,你可会伤他?"容隐低沉地问。

"滥杀无辜、恶行无数之人,怎么可能对我有恩?"上玄冷笑,"绝不可能!"

容隐不理他说些什么,又问:"若他于你有恩,旁人却要杀他，你可会救他？"

"绝不可——"上玄大声道，容隐截口打断，冷冷地道："我问'若是'。"

上玄又是一怔，容隐森然重复："若是他于你有恩，旁人却要杀他，你可会救他？"

"我……我……"上玄怒道，"自然不会。"

容隐看着他的目光变得甚是奇异，过了良久，他淡淡地道："若真不会，那就好了。"

"当然不会！"上玄回头望向运河河水，"当然不会。"

容隐疲倦地闭上眼睛，上玄单纯至极，尚不解世事……

上玄说得斩钉截铁，心中却想：白南珠自然不可能对他有恩，但他可能对配天有恩，若是他对配天有恩，有人要杀他，我当如何？我当如何？

是救？

是不救？

或者，只有到事发之时，方才知晓。

他却不知，容隐所指之事，却并非白南珠对配天有恩如此简单……


江南山庄。

上玄和容隐回到江南山庄的时候，一群人正围着什么东西，听闻容隐负伤回来的消息，方才纷纷转过头来。

容隐胸口中剑，伤在他旧患之处，上船的第二天他便开始沉睡，伤势既未恶化，也未好转。几位自负医术了得的老者看了都觉奇怪，依照容隐的武功，这一剑只是外伤，不该昏迷不醒，但以脉搏来看，不似有性命之忧。回到江南山庄，众人将容隐送入客房中，上玄却不送，往庭院一走，便看见众人围观着什么。

他一踏进院中，琴声戛然而止，围观众人纷纷回头，他才看见弹琴之人白衣清新，树下横琴颜色如铁，见他进来，也是抬头一笑。

这弹琴之人眉目如画，十指纤细颇有女子之风，然而眉宇间朗朗一股清气，不是白南珠是谁？上玄冷冷地看着他，若非见过他一记耳光杀贾窦，倒也难以相信这位风度翩翩的公子侠士做得出那些狠毒血腥的事。环目四顾，并未看到配天的人影，顿了一顿，他连看也不多看白南珠一眼，掉头离去。

白南珠抬头一笑，见上玄离去，手指一捻，仍旧弹琴。围观之人仍旧探头探脑地围观——白南珠手中之琴号称"崩云"，乃江南丰收藏之物，其上七条琴弦据说指上没有数百斤力气弹之不动，收藏于江南山庄数十年来也无人弹得动它。不料昨日三更，庄中人人皆听"噔"的一声巨响，深藏库中的"崩云"琴弦突然断了，今日白南珠换了寻常琴弦，将"崩云"修好，正自调音。

昨夜"崩云"为何断弦？受得起百斤之力的琴弦怎会自己断了？江南山庄的人都暗觉奇怪，但琴弦断口都是自然崩断，并非兵器割裂，也不能说有人下手毁琴，何况此琴虽然稀罕，也并非什么重要之物，怎会有人甘冒奇险下手毁琴？

这不过是件小事，方才众人对解下的"崩云"琴弦皆感好奇，纷纷取来刀剑砍上几下，确信琴弦是异物，刀剑难伤。而后白南珠换弦调音，弦声一动，竟悦耳动听，人人驻足，静听一刻，都觉心胸大畅，暗自稀罕白南珠弹琴之技，竟是高明至极。

容配天这几日都和江南丰在一起，她虽然力证上玄并非凶手，但对于白红梅此人，江南丰只是微笑，并不积极。一则容配天所言，并没有什么确实可信的证据；二则白红梅此人经聿修一路追查，倒似除了容配天，世上无人识得此女，无身世来历、无父母亲朋、无师门宗族，仿佛突然出现，在冬桃客栈惊鸿一瞥之后，又自消失不见。若容配天所言是实，倒像是见了女鬼了。

本来，滥杀无辜之事，不也颇似恶鬼所为吗？鬼要杀人，常人自是无法抵抗，更多半不需什么理由。

但世上，真的有鬼吗？听说，还是真的有？

"配天！"上玄一脚踏入江南山庄便一路寻找，逢院便入，逢门便开，一路惊扰了不少人，撞坏了几对郎情妾意偷偷摸摸的好事，很快一脚踢开涌云堂的大门，果然看见配天和江南丰正在喝茶。

江南丰骤然见一人闯入，也是一怔，而后发觉此人面善，正是当年泸溪大会上有过一面之缘的人，立刻站了起来，颔首为礼："阁下……"他一句话未说出口，上玄对他视若无睹，一把抓住容配天的手腕，"跟我来！"

容配天见他突然出现，心头狂跳，他、他现在看起来不阴郁，虽然浮躁，但……但那是他的天性，发生了什么事让他不再垂头丧气？被他一把抓住，她身不由己地跟跄几步，微微变了脸色，手腕用力回挣："你干什么？"

"跟我来！等我抓住白南珠，交给军巡铺，这件事了了，你就跟我回家。"上玄不耐地道，"他和你一路上都在一起？"

她只觉莫名其妙："什么白南珠……什么一路上他都和我在一起……你……你……"她变了脸色，"你在说什么？"

上玄已将她拉到门口，闻言不耐至极地回过身，一字一字地道："他一路上都和你在一起吗？"

她点头："不错，白兄替我解决了不少事，省了不少麻烦，我们是君子之交。"

"君子之交？"上玄冷笑，"他分明不怀好意，我才不信你们之间仍有君子之交……"

她心头突地一跳，如受重击，他们相识十几年，携手私奔，上玄还从未说过如此轻蔑侮辱之言。她霎时脸色苍白，一字一字地问道："你说什么？"

上玄尚未醒悟自己说错了什么，仍自冷笑："你难道还不知道，白南珠他——"蓦地"啪"的一声一记耳光砸在面上，他一把抓住她打他的另一只手，怒道，"你做什么？"

"纵然你我夫妻情分已尽，你也不能如此辱我——"容配天一字一字地道，"纵然容配天不能为你所爱，你也不能当她是人尽可夫的女子，她曾是你的妻，你疑她不贞，岂非辱你自己？"她昂然抬头，"放手！"

上玄也是一怔："什么辱你不贞……"他说的是白南珠既然深爱配天，敢假扮红梅陪伴配天，此时又以"白南珠"之名留在她身边，分明不怀好意。纵然配天毫不知情，他又怎么可能和配天是"君子之交"？其中必然有诈！但言辞不慎，冲口而出之后，难怪她要误会。上玄抓住她的双手不放，怒道："你听我说！我从来没有……"情绪冲动之下，突地肋下伤口剧痛，一股热气冲上心口，他咬牙忍耐，一句话没说下去，手上劲道一松，容配天立刻拂袖而去，头也不回。

上玄缓了口气，心知此事误会大了，以她强硬的性格，自是一生一世决计不会原谅他，心里大急，双手扶住门框，便要追出。但全身一时发热酸软，头晕目眩，却走不出几步，咽喉苦涩，也发不出声音，正当煎熬之际，背心一凉，江南丰出手点了他的穴道。

"啪"的一声，他仰后落入江南丰手中。接住这个作恶多端的杀人狂魔，江南丰心中也是一阵紧张。容配天是女扮男装，虽然扮得甚像，但以江南丰的眼光，自是瞧得出来，却不知她竟是上玄的妻子！她既然是上玄的妻子，和容隐却又有关，那手中这位恶名昭著的年轻人，却是不能轻易处置，要越发慎重了。

"江大侠……"门外脚步声响，有人叩门，听那步履之声，仪容斯文，步态祥和。

江南丰随口应道："进来吧。"

来人推门而入，手中横抱一具瑶琴："幸不辱命，只是'崩云'从此不复百斤之力……"突然看见江南丰擒住上玄，"哎呀"一声，"江大侠不愧是江大侠，这么快就擒住了赵上玄。"

江南丰心中尚未想明白究竟要如何处置上玄，只得微笑："白少侠。"

这横抱瑶琴的白衣人自是白南珠，他看了上玄一眼，似是微微一怔："他可是受了伤？"

"不错。"江南丰撩起上玄肋下衣裳，拉起他的中衣，"他脸色苍白，眉心偶现蝴蝶状红斑，应是中了桃花蝴蝶镖之毒，否则以他的武功，我岂擒得住他？"他拉起上玄的中衣后，果然见他肋下一道伤口，颜色艳丽至极，竟成胭脂之色。

"桃花蝴蝶之毒……号称世上无药可救……"白南珠眉心深蹙，喃喃地道，"他怎会中了……"

"他在密县桃林中杀了'鬼王母'门下'蝶娘子'，这镖伤应该是当时留下，只是赵上玄功力惊人，一时并不发作而已。"江南丰伸指连点上玄身上几处大穴，"此人和'白发'白大侠似乎颇有因缘，等白大侠醒来，问清来历，再召武林同道商议如何处置。"

白南珠点头称是，不知为何江南丰却觉他并没有在听，目不转睛地看着上玄胭脂色的伤口，目光之中，似含隐忧。江南丰心中大奇，难道此人生死，竟连素不相识的白南珠也关心得很吗？吩咐手下将上玄用铁链牢牢锁住，关入一间客房之中后，江南丰匆匆赶去看容隐的伤势，上玄重伤容隐，不可不说是江湖中令人震惊的大事。

　　容配天奔出门时，一人自门外进入，见她拂袖而去，似是有些诧异，脚步一顿。但容配天满怀愤懑，并未看清正从门外进来的是何人，只看到门外恰有一马，便纵身上马，提缰而去。

　　那自门外回来的人独臂青衫，正是聿修。他自北方赶回，路上购了马匹代步，不料刚到江南山庄便被容配天抢了去。他和配天已有三年不见，男装的容配天和容隐颇为相似，容隐的这个妹子生性高傲，脾气硬得很，一旦动怒，很难回头。他一边缓步往山庄内走，一边思虑容配天之事，心中却仍记挂容隐之伤。容隐的身体不同常人，他若受伤，医治起来相当困难，姑射不在身边，圣香亦不在，此事棘手得很。

第六章

救命

　　上玄被点上穴道扣上锁链关在客房之中，那桃花蝴蝶镖的
剧毒在他身上尚未完全发作起来，他心情逐渐冷静之后，毒性
很快被压了下去。他几次三番想扯断锁在身上的铁链，但那"等
你回来"四字不知何故在耳边缠绕不去，此地既然是江南山庄，
容隐、聿修朋友的住所，他却不愿轻易动手，以免造成难以挽
回的局面。

　　很快三日过去，容隐和聿修却没有过问过他究竟在哪里，
三日之中，除了送饭的仆役，他竟连江南丰都未再见到，更不
必说容配大和白南珠。曾家三矮每日鬼鬼祟祟地来与他会合，
告诉他江南山庄的消息，第一日说容隐仍旧昏迷不醒，江南山
庄上下乱了套，四处请名医，容隐却始终不见好转。上玄极是
诧异，以容隐的武功，他已剑下留情，区区一记剑伤，怎么变
得如此凶险？但幸而容隐伤势虽然没有好转，也没有恶化。第
二日说"胡笳十八拍"幸存的几位，以及各路武林同道，听闻
生擒赵上玄的消息，都已来到江南山庄，就住在他这间客房左近。
第三天说白南珠告辞而去，到底为什么离去，曾家三矮却打听
不清。

　　但在这第三日，上玄的耐心已全部被磨光，"当啷"几声双
腕一分，那条精钢打造的铁链经受不起"衮雪"之力，骤然断去，
"叮"的几声铁屑溅了一地。他轻轻推门而出，避过看守的仆役，
沿着庭院潜行，看见几个婢女沿着走廊行来，单看她们手里端
的药汤药碗，就知是从容隐房中出来。上玄等她们走过，沿着
走廊悄悄摸去，只见走廊尽头一间房屋灯还亮着，一个人影微
微一晃，闪入房内。

　　他一怔，那背影熟悉得很，正是聿修！

　　那房间里面分明住的是容隐，聿修进容隐的房间，何必鬼

鬼祟祟，避开婢女？

他自知轻功不及容隐和聿修，只是远远跟着，不愿让人发现。

房内烛影摇晃，聿修的背影颀长地映在窗上，上玄凝视那影子，心里满是疑惑，只见聿修先是在容隐床前站了一会儿，而后俯下身，停顿了一阵子，方才缓缓起身。房中很快有人长长换了口气，容隐的声音响了起来："你……"

聿修淡淡地道："性命攸关，不得不然。"

容隐沉默半晌："上玄人呢？"

上玄心中微微一震，容隐毕竟是记挂着他，但白南珠已经逃走，容隐重伤在床，要如何证明他不是杀人凶手？是不是杀人凶手他也不在乎，但白南珠诡异歹毒，不明白他到底想对配天如何，不揭露他的真面目，终是不放心。

"在后华院。"聿修道，"江南丰用锁链将他锁在客房。"

"他竟未将后华院夷为平地。"容隐的语气起了淡淡笑意，"倒是有些收敛，只是不知忍得几日。"

"三五日罢了。"聿修微微一笑，换了话题，"他中了桃花蝴蝶之毒……"

"多又是中人暗算，上玄委实是容易受人之欺了些。"容隐并不意外，淡淡地道，"岐阳怎么说？"

"岐阳和圣香自去年回去，至今尚未有消息。"聿修道，"圣香的宿疾只怕十分棘手，上玄的毒伤，我飞鸽传书与神歃，这是回信。"

想必聿修是拿出了信笺，上玄却看不到，他日子本过得抑郁，所以既不在乎身上的毒到底有多厉害，更不在意自己这条命是长是短，所以仍潜伏在花树中不动。只听房中传来信笺展开之声，接着"啪"的一声微响，似是信笺掉到了地上，聿修骤然一喝：

"容隐你——"

难道容隐伤势发作，突然危殆？上玄吃了一惊，倏地从花树丛中闪了出来，手掌劲力到处，门闩"喀啦"断裂，他推门而入。进门之后，他骤然怔住，目瞪口呆："你们——"

只见聿修俯身面向容隐，距离之近，几乎四唇相接，上玄蓦地闯了进来，聿修抬起头来，雪白秀气的脸上，仍旧无甚表情。

"你们在干什么？"上玄怒道，"你们——莫名其妙……"

淡淡烛光之下，容隐脸色苍白灰暗，若非刚才还听他说话，上玄几乎便要以为见到了一个死人，并且还是死了多日的。"怎么会这样？"他指着容隐，目瞪聿修，"我不信我那一剑能将他伤成这样，他到底是怎么回事？"

"他早已死了。"聿修缓缓地道，"死在三年前，他黑发转白，乌木琴碎的那一天。现在的容隐，不过是未死之魂，附于已死之身上，苟延残喘而已。你那一剑，如刺在三年之前，即使是刺中旧伤，也不过是外伤；如今他非但伤在旧患之处，还是已死之躯，自然……便是这样。"

"什么未死之魂，已死之身？"上玄越听越惊，"他明明没死！他几时死在三年前了？他要是三年前便已死了，现在又是什么？鬼吗？"

聿修眉心微蹙，容隐如何死而复活，他其实也不大了然，只能道："他当年确是死过，只不过圣香为他施了招魂术，不知怎样，容隐死而复生。但死而复生之人，身体便与生前大不相同。"

"招魂术？"上玄冷笑，"世上哪有招魂之术？胡说八道！"

聿修也不生气，缓缓地道："我从不胡说。"

上玄的冷笑戛然而止，他冷哼一声，不再笑话，世上胡说之人多矣，但聿修绝不会信口开河。"他方才明明好端端的，怎么会突然变成这样？"

"再等一会儿，无人救他，他便真的死了。"聿修淡淡地道，"他死了，你便是凶手。"

"你方才不是救了他一次？"上玄冷冷地道，"如今再救一次便是。"

聿修笔直地站在那里，似在沉吟，容隐的脸色越来越难看，已渐渐透出死灰之气，上玄忍耐不住，怒道："你刚才是怎么救他的？"

聿修眼神清澈，仍很镇定，缓缓地道："'衮雪神功'乃天下第一等烈性，修炼时经历寒窑饥寒之苦，终能破窑而出，得见天日，可见生气旺盛，远胜常人。"

"那又如何？"上玄看着容隐的脸色，他本该盼着此人早死，或者死于断头刀下，或者被自己手刃，最好死得残酷无比，才能抵他逼死赵德昭之仇。但此时见容隐脸色灰败，命在呼吸之间，竟是心惊肉跳，心里极不安定。

"要让他恢复很容易，只要活人以生气灌入他丹田，助他行功，暖他气血就行。"聿修淡淡地道，"你的生气旺盛，把他扶起来，用舌头撬开他的舌头，自口中渡入生气，他很快就会醒来。"

上玄一怔，聿修却缓步倒退，一双眼睛淡淡地看着他，竟似笃定了等他救人。

这等救人之法，定要四唇相接，上玄"嘿"了一声："聿大人也有不敢做的事。"

灯光之下，聿修白皙的脸颊上没有丝毫变化："事分利弊，你来救他，对他的身体大有好处。"

上玄一声狂笑，笑中分明有讽刺及自暴自弃之意，他揽起容隐，自口中灌入一口生气。一怒之下，他提起"衮雪神功"，一股真力同时渡入容隐体内，催动他血液流动，片刻之间，容隐脸色由灰变白，长长吸了口气，睁开眼睛，微微一怔。

"你真是个活死人？"上玄冷冷地问，将他放回枕上。

容隐不答，目光极快地在上玄身上一转，坐了起来。

"你那一剑，耗尽他这几年聚起的一点元气。"聿修道，"此时你若要再杀他一次，易如反掌。"

上玄顿了一顿，突地冷笑："我岂会落井下石……等他伤势痊愈之后，我想杀他之时，再杀不迟。"

聿修闻言，却是淡淡一笑。容隐自床上坐起，方才那封信笺跌在地上，他拾了起来，缓缓展开。上玄跟着凝目望去，只见信笺之上神歆笔迹文秀，工工整整地写道："桃花蝴蝶之毒，乃属虫子之类，因毒蝶品种不一，年年有变，故解毒极难。自有载以来，解毒之法有三，其一为柳叶蜘蛛，该毒虫为桃花蝴蝶天敌，已于百年之前绝种；其二为百解蒲草，此药能解十三种剧毒，尤对虫子之毒有效，然名医山庄已无存药；其三为饮血之法，以三十六朵雪玉碧桃、一钱何氏蜜、百只桃花蝴蝶调毒，淬于兵器之上，制成毒刀。饲养活猪一头，每日以毒刀微伤猪背，一月之后，生食猪血，或能解毒。"

这解毒三法，要么解药早已不存世上，要么近乎奇谈，看过之后，容隐和聿修都是眉心深蹙。聿修沉吟良久："上玄，那蒲草似乎宫中尚有，或者可以……"他看了上玄一眼，"怎么？"

"那瓶药被我出宫之时带走，一直在配天身上。"上玄淡淡地道，"所以她救了华山派满门。"

聿修和容隐相视一眼，他们都深知配天的脾气，东西不要了便不要了，上玄给她的药她既然要送给别人，自己决计不会留下一星半点。华山派在密县一役死了七人，多半蒲草已经用尽，是否尚有留下，还要问华山派掌门崔子玉方才清楚。至于饮血之法，那雪玉碧桃、何氏蜜，甚至桃花蝴蝶都是难得之物，多是不可能之事，如有人能凑齐这些事物，已是江湖中一段传奇了。

"上玄，"容隐凝视了那张药方半晌，冷冷地道，"明日'胡笳十八拍'五人，要杀你报仇，白堡集结了不少高手，坐镇围观。你若今夜要走，谁也拦不住你。"

"嘿，我为何要走？"上玄也冷冷地道，"即使人是我杀的我也不走，何况本就不是我杀的。"

"那明日你应战便是。"容隐淡淡地道，聿修亦是淡淡的，仿若明日之战毫不冤枉，他们乐见其成一般。

明日之战，上玄自是毫不在意，过了一阵，终是忍不住问道："配天……她在哪里？"

"她尚不知道你身中剧毒。"容隐道，"不过不必多虑，她虽然任性，但并不莽撞，"顿了一顿，他闭上眼睛，"纵然你让她失望至极，她也必是为你找白红梅去了。"

上玄全身一震，咬住下唇，本想说什么，却始终没有说出来，转过头去。

"上玄，"容隐闭目之后，倚床养神，突地放缓了语气，轻声问道，"你当年带她走的时候，说过永远不让她离开吗？"

上玄的颈项刹那挺了起来，僵硬半晌，才说："没有。"

容隐点了点头，未再说话，聿修看了上玄一眼。上玄说出"没有"二字，心头陡然一阵慌乱茫然，仿佛自己做错了什么却始终没有发现，见聿修看了自己一眼，他怒瞪了回去："干什么？"

只见聿修雪白秀气的脸颊上突然泛起一层淡淡的红晕，不知想到了什么。上玄一怔，突地觉得有些好笑——这人性子冷静思维谨慎，但这容易害羞的脾性还是没改啊。"我听说——我听圣香说——你娶了百桃堂的老板娘？"

聿修点了点头，脸上的红晕始终未曾褪去。

"你也会爱上一个女人，真是奇怪得很。"上玄道。何况那女人从前是个妓女，现在是个老鸨。

聿修淡淡一笑："我奇怪的是，我也能为爱我的女人，付出一些什么。"顿了一顿，他缓缓地道，"她常常说她想要的并没有那么多。"

不知何故，听见这句话后，上玄突然觉得一点也不好笑，仿佛有什么东西深深刺入他的胸口，有许多事自心底翻涌而上，似乎有千百件琐碎的小事都做错了，他却不记得究竟做错了什么。

聿修的这句话，让他有一种……仿佛自己并不成熟的感觉。

雪玉碧桃是一种奇花。

此花只有武林千卉坊方有。碧桃年年春天盛放，虽然美艳，却是俗花，而雪玉碧桃一树只得一朵，开花之后大半年都不会凋谢，千层花瓣百点蕊心，雪白通透十分无瑕可爱，更有解毒之效。此花绝代之姿，千卉坊主珍若生命，轻易不肯示人，更不必说相赠。千卉坊虽说养育数万花木，有百花同开之园，这雪玉碧桃也不过四十株而已，花开之时大如碗口，如冰雪雕琢白玉铸就，然其清新水灵之处又岂是冰雪白玉所能比拟？江湖中人皆知千卉坊主一生唯爱雪玉碧桃，从未有人想过要从他手中获得一枝半朵雪玉碧桃，那是万万不可能之事。

但今日千卉坊中一片狼藉，花木凋残，屋宇倒塌，过往花团锦簇的小径回廊之中鲜血处处，每行一步几乎都可见千卉坊中弟子的尸身。蜿蜒的鲜血自房屋、花廊、林木等处缓缓流出，最终流入千卉坊花潭之中，那清澈安详的水面上晕开浓重的一层血色，血水上盛开的白莲仍旧幽雅脱俗，观之令人毛骨悚然。

四月五日夜里，江湖千卉坊为人血洗，满门五十五人悉数死于一夜之间，花园中花木凋残，四十株雪玉碧桃为人洗劫一空，枝头三十九朵雪玉碧桃不翼而飞。凶手所施展的武功近于阳热之力，杀人之后千卉坊燃起大火，烧塌了大部分房子。

凶手并未留下任何痕迹，然而掌力引起大火，此类武功，让人不得不想到"衮雪"，如此杀人，亦让人不得不想到"胡笳十三拍"之死。第二日清晨，江南丰打开后华院大门，却见锁链委地，上玄不翼而飞，千卉坊就在江南山庄东南，以上玄脚力，不过一个时辰便到，即使他已在江南山庄多日，也不能证明他和千卉坊灭门一事无关。

"江湖风波迭起，想千卉坊主一生爱花，从未与人结怨，却落得如此下场……"江南丰叹息一声，"此事若不能查清，势必大伤武林正气。"

"密县桃林一事早已令人惶惶不安，千卉坊被灭门实是火上浇油。"江南丰身边一位白衣老者道，"无论赵上玄是不是真凶，我等都该放言凶手已经被擒获。若赵上玄就是凶手，那自是最好，即使他不是真凶，我等将他推出，一则可抚平江湖中兴起的低迷之气，安抚受害之人；二则我们暗中查找真凶，也可起到声东击西之效。"这名老者复姓诸葛，名智，乃施棋阁军师，一向以足智多谋闻名江湖。

"但他若不是凶手，如此做法，岂非辱人名誉，致他人生死于不顾？不是正道中人所为。"江南丰皱眉。

"江大侠所言，难道已确认他不是凶手？"诸葛智羽扇微摇，"'胡笳十八拍'惨死，千卉坊灭门，杀人凶手如此武功，除了'衮雪'，何人能当？何况昨夜他脱困而去，千卉坊即被灭门，为何他前日大前日人在后华院，千卉坊无事，而他一脱困，千卉坊就遭血洗？江大侠难道没有想过其中关联？"

"但是他若脱困，为何不血洗江南山庄，却要血洗千卉坊？"江南丰眉头紧皱，"于理不合啊！"

"嘿嘿，江南山庄有'白发''天眼'坐镇，即使'白发'伤重，'天眼'仍不可小觑。他身中剧毒，如何敢轻易在江南山庄动手？千卉坊离此不远，且雪玉碧桃是桃花蝴蝶解药之一，他定是前去抢药，千卉坊主不肯，于是血洗千卉坊。"诸葛智冷笑。

江南丰微微一震："解药之一？那桃花蝴蝶竟然有解？"

"世人皆以为桃花蝴蝶无解，却不知雪玉碧桃、何氏蜜、桃花蝴蝶三味调在一起，毒性减弱，若寻一活物，以毒养血，再饮下毒血，就可解毒。"诸葛智道，"凶手既然抢夺雪玉碧桃，若不是上玄，难道还有别人身中此毒，需要解药？何况普天之下，又有几人能一夜之间血洗千卉坊，连杀五十余人，无人能逃？"

江南丰为之语塞，长叹一声："此人似乎和'白发'有所牵连……"

"就算他和'白发'有旧，他毕竟不是'白发'，你莫忘了'白发'被他重伤，至今垂危！"诸葛智道，"姑息此人，难道你不怕他向'白发'再下毒手？"

江南丰一震："也是……"

"所以如今之计，定要一口咬定，赵上玄就是凶手！"诸葛智冷冷地道，"如此我等才占于上风，方有众多武林同道相助，与'衮雪神功'分庭抗礼。"

正在说话之际，门外步履声响，两人推门而入，江南丰和诸葛智骤然一见，猛地一呆——那从门外走进来的人，竟然便是刚才他们百般分析，以为已经破牢而去的上玄！而走在上玄身后的人脸色微带苍白，眉眼冷峻，竟是卧床多日的容隐！

"今日武斗，'胡笳十八拍'早在广场等候，两位不去观战？"容隐胸口剑伤尚未痊愈，精神却是不错，和前些日子全然不同。

江南丰和诸葛智一起看着走在容隐身前的上玄，呆了半晌，江南丰道："你……你……"

"我什么？"上玄冷冷地问。

"你杀了千卉坊满门，竟然还敢回江南山庄！"诸葛智羽扇直指上玄眉心，厉声道，"也好，今日江南山庄便是你这恶贼毙命之时！"

"千卉坊满门？"上玄一握拳，身周几人皆隐约感觉到炽热的气流涌动，"什么千卉坊满门？"

"昨夜三更，你将千卉坊一门五十八人屠杀殆尽，抢走雪玉碧桃，火烧千卉坊。"诸葛智冷冷地道，"以'衮雪神功'大名，难道你敢做还不敢认吗？赵上玄，你手下数十条人命，死有余辜！"

"昨夜之事，可等今日武斗之后再提。"容隐淡淡地道，"出去吧。"

诸葛智那厉声指责的几句话，他似乎没有听入耳中，淡淡两句话，房中剑拔弩张的气氛却淡了下来。江南丰衣袍一挥，当先大步走了出去。诸葛智心头怒极，容隐对他的轻蔑可说到了极点，也跟着大步走出，重重一甩衣袖。

上玄拳头紧握："什么千卉坊满门被杀？又是谁……谁……"他的语音静了下来，突而住了嘴。

容隐眼望窗外，淡淡地道："走吧。"

"他……又是他……"上玄突地怒道，"他何必处心积虑，到处杀人放火嫁祸于我？他要杀我也非难事，男子汉大丈夫堂堂一战战死也就算了，何必杀人满门？疯子！疯子……"

"他并不是疯子。"容隐一只手推开了房门，阳光映着他的面颊，身后留下长长的阴影，"他是为了雪玉碧桃。"

"雪玉碧桃……"上玄蓦地一怔，喃喃地道，"雪玉碧桃……难道他……难道他是……"

"你是配天爱的人，他既然选择以女子之身爱她，自不会害你。"容隐淡淡地道，"他抢雪玉碧桃，多半是为了救你。"

"救……我……"上玄眉头紧皱，"谁要他救命了？"

"他为夺雪玉碧桃，杀了千卉坊满门。"容隐缓缓地道，"上玄，若他是为你杀人，你当如何？"

上玄蓦地抬起头来，容隐的侧脸在阳光下苍白光洁，左侧的眼眸闪闪发光，十分清澈冷静，绝无半分玩笑之意。

"我要杀了他！"上玄冷冷地道。

"是吗？"容隐迈了一步走出门外，突地道，"今日武斗，对手武功不弱，你要尽力。"

"哼！"上玄冷笑一声，不置可否。


青山素素草萧萧。

容配天已把和红梅走过的地方都走了一遍。自从太行山中救美，这个温柔美貌的女子一路纠缠，直至最后以死相逼，要嫁她为妻。她当时或是……只是永远不想再做"容配天"，所以终是娶了她，却从来没有想过，这个痴情至极的红颜女子，除去泪眼愁容之后，究竟是个什么样的人。

红梅究竟是在什么地方学会了"秋水为神玉为骨"？她和

容隐虽然相貌相似，却没有容隐那般清澈犀利的看事之能，有些事想到皮毛，却不由自主地逃避过去，既不愿细想，也无法细想。她是个无法把事情纵横联系想得清楚明白的女人，和所有最普通的女子一样，她所思所想的，只不过是她以之为重要的人，究竟为何对自己好或者为何对自己不好，如此而已。但或者真是容貌的缘故，或者又因为性格，身边的人或多或少以为，她是容隐的影子，她能和容隐一样坚忍、睿智、冷静。

上玄……或者在上玄心中，她就是个冷傲而永远不会受伤的女人，所以他永远搞不清楚要如何关心她，或者是否需要关心她。

她知道自己脾气冷硬，但、但只要他对她有一点温柔关怀，她就会……就会……容配天眼睛里慢慢充满了泪水，她就会让他知道，她也会……很温柔，然而上玄从未温柔过，从未。

和上玄相比，红梅真是温柔得不可思议。她策马从京杭道上过，心里回想这几年的路程，红梅端茶递水，做饭铺床，极尽体贴，为何这样一个多情女子，竟能练会"秋水为神玉为骨"，杀人放火毫不在乎？

她到底怎么练成绝世武功的？又是怎样瞒着她修习的？容配天始终想不通，几年来两人朝夕相处，怎么可能有机会让她偷偷练武？难道在认识她之前，红梅就已经身有武功不成？但她若身怀绝世武功，又怎么可能被韦悲吟擒住，将她掷入丹炉炼药而反抗不得？

这日行至秋允县，此地偏僻，也没有什么客栈茶馆，她勒马在路边休息，仰头在想，她对红梅实在了解得太少太少，除了她们一起走过的地方，竟不知道，究竟要去哪里找她。

"我说，何家东北的那户，从来不拜菩萨，难怪不得保佑，给鬼吃了满门。"路边一个挑担赤脚的汉子和一个背菜的妇女边走边道,"昨天你没去看,女人是千万别去看,何家东北那户,满墙是血,一家五口,全被切碎了丢在锅里,煮成了肉汤,里面还加了人参、枸杞、当归……"

"哎呀,那鬼岂不是要把他们做来吃了?阿弥陀佛,幸好平日拜佛拜的多,这鬼没到我家里去。"

"听说何家西南那户,前夜里就见到那鬼了,"挑担的汉子神神秘秘地道,"听说是个红色的鬼,青面獠牙,满身是血,腰很细,像个女鬼。"

"女鬼?吓人啊,阿弥陀佛,阿弥陀佛……"

红色的女鬼?容配天心里微微一震,谈及红衣的女鬼,不知不觉便想起红梅,但她又怎会在这里杀人?她牵马站起,跟在两人身后,那两人本自闲聊,突觉身后有人跟着,不免有些毛骨悚然,话也不聊了,脚下越走越快,很快入了村庄,"砰砰"两声各自关门躲了起来。

容配天四下打量这个村庄,村口竖着一块大石,上面刻着某某人捐刻小月村字样,这村庄料想便叫作小月村。村里不过二十来户人家,西面一家偌大庭院,院门大开,有几人正往外搬东西,看样子是搬家,人人脸色惊恐,想必就是那何氏西南家了。

她往前走不满十步,突然一呆——那何家门口一人歪在那里,灰白道袍,不过三十来岁年纪,背上负一个蓝色布包,满面似笑非笑——此人貌不惊人,她却蓦地驻足,连退三步!

那道人对她一笑,似乎很远便看她前来:"好久不见,别来无恙?"

她眉头紧蹙,脸色苍白,一字一字地道:"韦悲吟!"

这灰白道袍、貌若三旬的道人，正是"九门道"韦悲吟！此人在中原名声并不怎么响亮，但在八荒六合、苗疆南蛮一带人人闻之色变。其人并非道士，但沉迷长生不老之术，喜好炼丹，为炼丹一道杀人无数，乃货真价实的一名魔头！数年之前，她独游太行山之时，就看到他生起丈许丹炉，要将红梅生生推入炉中炼丹，当时红梅全身无力，无法抵抗，她出手相救，导致之后红梅感恩动情，强嫁于她。容配天的武功自然远不如韦悲吟，当时救得下红梅，纯是偶然，如今身周空空如也，唯有她自己性命一条而已。

　　韦悲吟嘻嘻一笑："当日英雄救美，你可曾品尝了那温柔滋味？"他拍了拍手掌，腾起一层白灰，容配天认出那是石灰，不知这魔头方才又做了什么伤天害理之事，眉心微蹙："这屋里的人，可是你杀的？"

　　"是我杀的如何？不是我杀的又如何？"韦悲吟仍是似笑非笑。

　　容配天淡淡地道："小月村有什么惊天宝物，能引得你前来杀人，倒是奇怪。"

　　"实话说，人不是我杀的。"韦悲吟悠悠地道，"只不过有谁能举手之间，连杀'何氏'一家五口，我也十分奇怪。'何氏'隐退江湖多年，但家传'百蜂追花手'仍是江湖一绝，被人一击即死……莫非那人竟练了——"他突地住口不言，上下看了容配天一眼，自言自语，"我当先杀你，然后再查此事。"

　　容配天微微一震，她自知遇上韦悲吟多半不幸，倒也并不骇然畏惧，只是小月村何家若非韦悲吟所杀，却是谁杀的？"练了什么？"

　　"练了这世上最卑鄙无耻、最残忍恶毒、最温柔多情的一门武功。"韦悲吟哈哈一笑，"小姑娘，我问你可曾品尝那美人的温柔滋味，你可还没答我。"

容配天一怔，她女扮男装，能一眼瞧破的倒是不多，韦悲吟却是从当年初见的时候便瞧破了："什么温柔滋味！胡说八道！"

"原来你还不知道……"韦悲吟喃喃地道，"当日我要丢进炼丹炉的那位美人可是风情万种，滋味妙不可言，你舍命救他，居然尚不知道他妙不可言之处……哈哈……"

"什么妙不可言之处？"容配天脸上泛起怒色，"她到底是什么人？你为何抓她炼丹？"

"既然你不知道，我何必告诉你。"韦悲吟嘿嘿笑道，"当年他也舍命救你，对你定然和别人不同，我若将你杀了，他必要和我拼命，如此我只消坐在这里，就能知晓他到底练没练那卑鄙无耻的神功了。"顿了一顿，他又自言自语，"此计大妙。"

容配天双手空空，韦悲吟大袖一挥，往她脸上抓去，世上甚少有人一出手抓人头颅，韦悲吟给这一招起了个名字，叫作"折桂"，每每扭断人头，他都享受到一种摘花般的感觉，尤其是折美人的头。容配天立掌切他脉门，太行山一战，她深知韦悲吟出手就要杀人，这一掌切出，她翻身上马，提缰扬鞭，喝了一声。

"想逃？"韦悲吟这一抓被她逼开，哂然一笑，五指往那匹马胸口拂去。容配天喝那一声，那匹马却不逃跑，蓦地立起来，一声长嘶，前蹄往韦悲吟头上踏去。韦悲吟拂出的五指落空，心里一奇，翻手去抓马蹄，不料马上容配天"唰"的一记马鞭当头下来，竟在他耳畔略略扫了一下。韦悲吟一怔，这小姑娘武功算不上一流，动起手来却都能出奇，看来如不下重手将她打死，只怕还要多费一番手脚。想到此处，大手翻上抓住马蹄，喝的一声吐气开声，那匹马竟被他生生托起，飞抛出去。容配天身不由己跟着一起飞起，韦悲吟如影随形，长袖如刀，一下往她腰间斩去，这一记袖刀乃韦悲吟最常用来杀人的重手，叫作"切月"。

"且慢！"道上传来一声轻叱，随即白影一闪，容配天人在马上尚未落地，就觉身侧微风拂过，陡然身轻如燕，笔直上冲丈许，方才轻飘飘地落地。落地一看，这架住韦悲吟挥袖一切，将她带起冲上半空的人，却是白南珠。容配天惊魂未定，心里颇为奇怪，白南珠的武功远超她想象："多谢白兄援手。"

韦悲吟哈哈大笑："果然是你！"他斜眼上下打量了白南珠一阵，笑嘻嘻地道，"我刚才问小姑娘可曾品尝了温柔滋味，她竟说没有。难道你苦心孤诣，花费无数力气，下了天大决心，竟然没有得偿心愿？啧啧，不像你的为人啊。"此言一出，容配天一呆，只见白南珠微微一笑："得不得偿心愿，你又怎会明白？我自己都不明白的事，天下又有谁明白得了？你敢动容兄一根汗毛，我就杀你，不过如此而已。"

"哈哈哈，好大口气，你为她杀我，她可曾知道你是谁吗？"韦悲吟大笑，"'容兄''容兄'，小姑娘人虽不笨，却是单纯，想必至今还不明白，你这位风度翩翩的佳公子究竟是谁！'容兄''白兄'，你们客气得很，其实大可不必、大可不必啊……哈哈哈哈……"

容配天变了脸色："他——"

"他就是当年你拼命从我丹炉之中救起的美貌女子，小姑娘你可想明白了？我韦悲吟要拿来炼丹之人，难道是寻常货色？"韦悲吟仰天大笑，"'南珠剑'枉称白道英侠，却偷练那'秋水为神玉为骨'，当日被我捉住，正逢他大功将成，全身瘫痪之际。其时他骨骼化玉，我若将他投入丹炉中炼丹，对我的长生不老药有莫大好处。小姑娘，你可明白了？当年你坏我大事，今日若不杀你，岂非有违我韦悲吟作风？"他目中杀气毕露，"我先杀你，再杀白南珠！"

"韦悲吟。"白南珠嘴角微微一翘，"当日之事，再也休提，你要杀人，我奉陪。"

"小姑娘。"韦悲吟阴森森地道，"你这位'白兄'当年做英雄侠士之时的确是品行端正，无甚劣迹，就算他练了那'秋水为神玉为骨'，也不见得有什么大错。但几年前太行山上，那日本是他神功将成之日，全身骨骼绵软，怎么能突然站起，与你一起将我击退，你可有想过？"

容配天听他一句句地说下去，心中一片混乱，竟连惊骇都尚未感觉到，自从听闻那句"难道你苦心孤诣，花费无数力气，下了天大决心，竟然没有得偿心愿"，让她乍然想通白南珠究竟像谁之后，心里百味杂陈，只觉得事实诡异如梦，全然是不可思议。

"我已说过，当日之事，再也休提。"白南珠一字一字地道，"韦悲吟！"

韦悲吟眼瞳微微一缩，十二分精神都在留意白南珠的一举一动，却嘿嘿笑道："世人不知，并非天下不知，你对小姑娘一片痴心，为她下偌大决心，立必死之志，难道还不想让她知道？这是好事啊，我一生喜欢杀人，世人百态皆有，像你这样的，倒也少见。"

"他——"容配天如被钉子钉住一般牢牢站在原地，脸色苍白至极，一双黝黑的眼睛并没有看韦悲吟，却仍一字一字轻声问，"做了什么？"

"哈哈，你可知这屋里满门是谁杀的？"韦悲吟哈哈一笑，"世上除了'衾雪神功'和'秋水为神玉为骨'之外，还有一门最恶毒的禁术，叫作'往生谱'。"

"往生谱？"容配天僵硬地重复。

"'衾雪'为至阴转烈阳，'玉骨'为至阳转极阴，这两门武功，不过是'往生谱'的入门功夫。你可知江湖传言'衾雪''玉骨'齐出，天下必定大乱，必出妖孽吗？"韦悲吟冷笑道，"那所指的便是'往生谱'。'往生谱'中，易容下毒、杀人放火之术最是齐全，那也不必说了，这门功夫最绝之处，在于它是一门让人自杀的功夫。"

"让人自杀？"容配天咬唇淡淡地反问，心里渐渐清晰起来——如白南珠就是红梅——如白南珠就是红梅，那么……那么……那潜伏暗中的凶手，就是白南珠……

"任何人皆可练'往生谱'，这门功夫不要求修炼者的根基和根骨，只要你愿意，就能练成无敌于天下的最高武功。"韦悲吟仰天大笑，笑声竟显得有些凄厉，"只是修炼'往生谱'之人，必亡于二十五岁之内，并且'往生谱'令人失去克制，激发兽性，往往让人狂性大发，神志丧尽，犹如野兽，因而此门武功只是传言方有，世上无人敢练！"他斜眼看了白南珠一眼，"哦，不，或者说世上有一人练了，当日太行山上，井中居里，有人为救恩人，在叶先愁的书房之中，练了这门妖术！小姑娘啊小姑娘，他人为你如此，如今你可明白，别人对你的一片痴心？"话虽如此，他却是满口的嗤笑味儿。

容配天蓦然抬头向白南珠看去——她看见他的眼睛，那眼里一片平静，似乎什么也没有，但那和红梅何其相似、何其相似……眼睛里，连一个人都没有。刹那之间，她竟没有想起这个人是杀人无数的凶手，冲上心头的，却是当日谈及愿和红梅同死，不要连累上玄之时，他突然掉下的那滴眼泪。

那时，他是为了她愿和他同死喜极而泣，还是为了她终是偏心上玄而伤心欲绝呢？她认识这个人很久了，但其实从来不曾相识过，她所认识的，都只是他的一些影子，虚假的、缥缈的、片面的影子……这个人一直对她很好，但他究竟对她有多好，或许她永远也不知道……

"韦悲吟，你既然知道我练了'往生'，也该知道我脾气大不如前。"白南珠微微一笑，笑得哂然，颇有洒脱的味儿，"我若不将你砍头拔舌，拿去喂狗，我不姓白。"

这番话说出来，容配天悚然一惊，如此偏激恶毒之言，他竟能用一种平静优雅的语调说出来，丝毫不以为意。他这脾性，究竟是原本如此，还是练了那"往生谱"妖术不得已如此？要是如此杀人放火并非白南珠的本意，而是"往生谱"效力使然，那岂非——岂非其实罪魁祸首，却是她容配天一人吗？

"哈哈哈哈，江湖传言'往生谱'天下无敌，今日你若不能将我砍头拔舌拿去喂狗，我可是会很失望的。"韦悲吟道，"若是我不小心砍了你的头或者那位小姑娘的头，你可千万别生气，哈哈哈哈，到地狱等我，几十年后，我一定下来陪你。"

"啪"的一声，两人说话之间，已经快逾闪电地对过一掌，两人半步未退，似乎一掌过后，半斤八两。容配天深深咬着下唇，看着这一场江湖之中只怕是最诡异最奇怪也是武功最高的两个男人对决，但眼前衣袂飘飘，掌风处处，她却什么也没看进去，心里只道：原来他就是红梅、原来他就是红梅……

白南珠，江湖白道的少侠，他为何要练"往生谱"？难道……真是为了当时……救我吗？容配天呆呆地站在一旁。那日是清明，午后下雨，烟水迷离。她路过太行山，看见井中居里火焰冲天，韦悲吟借井中居地形架起丈许丹炉，正要将一位红衣女子推入丹炉中炼丹。她出手相救，战败之后，和那红衣女子一起退入井中居书房之中。

那时她把那红衣女子放在书橱旁，书橱上书籍早已腐败，却有一个白色石盒仍旧不沾半点污渍，熠熠生辉。她持剑与韦悲吟相斗，兵刃激烈相交，韦悲吟有意诱她出手看清她武功来历，掌风剑影交错，身后书橱不住震动，最后"啪啦"一声，那石盒跌下，摔碎在地。之后的事……她并不是十分清楚，只记得满天掌影呼啸，支撑不住之时她掷剑而出，随即昏厥，醒来之后，韦悲吟已经离开，那红衣女子伏在她身上哭泣，自称红梅。

难道她昏迷之时，他就已经修习了"往生谱"，难道其实不是她救他一命，而是他救她一命？但他分明是白道少侠，却为什么当日做女子打扮，又为什么要舍命救她？容配天目不转睛地看着白南珠，渐渐从他身上看出更多红梅的影子。这个人……这个人娇美温柔，体贴多情，却杀了"胡笳十八拍"中的十三人、丐帮章病、客栈小二，或者也杀了眼前何家东北一房。练"往生谱"，只有二十五岁的命，有无敌于天下的武功，你……究竟是为了什么、为了什么？

"啪"的再一声震响，白南珠的左脚与韦悲吟右足相撞，韦悲吟脚下轰然沙石飞扬，泥土崩裂，陷下三寸，白南珠足下却是点尘不惊，连韦悲吟震起的沙石都半点不染。容配天心头一跳——白南珠占了上风，难道那"往生谱"真的这么厉害，竟连韦悲吟也抵挡不住？却骤然听韦悲吟仰天大笑："哈哈哈……哈哈哈……白南珠，今年贵庚啊？'往生谱'的效力不止如此吧？你杀人越多，证明定力越差，难道时限将至，这绝妙神功的滋味，你已受不起了吗？"

白南珠微微一笑，仍旧笑得文雅从容，从外貌而言，委实看不出他是个如何受魔功控制的杀人狂，说话清楚明白，语调悠然："待我杀你之后，你就知我功力如何。"

韦悲吟袖中寒光一闪，一柄短刀赫然在手，他平素杀人从不用兵器，此时亮出短刀，证明已是打算使出全力。容配天呆呆站在一旁，她早就可以逃走，毕竟这二人都是杀人狂魔，说不上是谁更该死一些，若是两败俱伤或两败俱亡对天下苍生那是再好不过，她却并没有走。身旁的马匹早已惊走，沙石草木满天飞舞，她仍目不转睛地看着白南珠。两道人影交错起伏，韦悲吟掌法奇诡，衣袖成刀，白南珠招式狠辣，招招要人性命，却始终不脱一股秀逸潇洒之气，杀人之时，也煞好看。

若上玄对她而言，是一杯苦酒，那眼前这个人，就是一杯毒酒。

她尝过了苦酒的滋味，却在这两个男人决斗之时，第一次清清楚楚地尝到了那杯毒酒的滋味……

比苦酒更苦，比苦酒……更苦。

"当"的一声，人影倏然分开，韦悲吟短刀突然断去，白南珠仍是那脸微笑，弹了弹衣袖。韦悲吟哼了一声，额上冒出了一层细微的冷汗。"往生谱"的确高深莫测，他试出白南珠偶有真力不纯之时，却不知是不是诱敌之计，刚才白南珠还以袖刀，差一点就断了他一只手臂。他眼睛略略一动，突地看见容配天就在身旁不远，他骤地对白南珠一笑，鬼魅般一晃，伸手去掐容配天的颈项。

她蓦地一惊，退步闪避，白南珠比她更快，刹那之间，已拦到她身前，飞起一脚往韦悲吟胸口踢去。韦悲吟哈哈大笑，往前掐去的手掌尚未做老已经换招，"啪"的一声抓住了白南珠的脚踝——这一抓劲力奇大，白南珠能一脚踢死章病章叫花，却不能将脚踝从韦悲吟手掌中挣脱出来。他微微一顿，右手往韦悲吟头顶拍落。容配天站在他身后，眼见他为自己遇险，心中一跳，只见韦悲吟竟猛然将他足踝提起，去招架他当头拍下的一掌，腾出的一只手在长笑声中结结实实击在白南珠胸口，"砰"的一声，扎实至极，绝非有假。

"啊！"容配天失声惊呼，冲上一步扶住白南珠的身子，只见韦悲吟一招得手，飘身即走。他深知白南珠武功高强，濒死反击必定利不可当，当下连瞧也不再多瞧一眼，立刻离去。

"别怕。"白南珠身子未倒，连晃也没晃一下，轻轻拍了拍她从身后抱来的手掌，"我没事。"

她猛地抽回了手，又连退三步，就如她骤然见到韦悲吟那般。回过头来的白南珠脸色有些苍白，但双眸清澈，眉目如画，仍是十分温柔深情："决……"

"不要叫了！"她骤然大叫一声，"你——是你杀了何家五口？"

他点头，而后微微一笑。

"你……你……你为什么要杀人？为什么要杀'胡笳十八拍'？为什么要杀章病？为什么要杀冬桃客栈的那个伙计？为什么要杀千卉坊满门？为什么要杀这么多人？你……你……"她脸色惨白，"为什么要……骗我……"

"因为我爱你。"白南珠柔声道，"我说过，为了你我什么都敢做。"

"为了我？"容配天脸色更加惨白，"为了我什么？我从来没有希望任何人死！何况他们和你我又有什么相干？"

"你希望——每天晚上从梦中醒来，能不流泪。"白南珠道，"希望他像你爱他一样爱你……"

"你能不能……能不能忘记？"她颤声道，"能不能当我就没有说过？能不能当作没有认识过我？"

白南珠痴痴地看着她，那目光和红梅一模一样。过了许久，他轻轻地以女子声气说："一切都是我心甘情愿，只要你愿意，什么都……什么都……可以……"顿了一顿，他又道，"忘了你也可以。"

容配天全身一震，只见白南珠俯身从地上拾起韦悲吟那半截短刀，把刀柄递向她。刀是好刀，寒光照骨，那手指映着刀光，肤色白皙，十分安详，不染刀上半分杀气。接过断刀，她知道此时眼前之人当真安然等死，只要她一刀下去，江湖的、上玄的，甚至她自己的种种苦难就悉数结束了，但、但、但……"你尚未答我，你杀这么多人，究竟是为了什么？"

"杀'胡笳十八拍'中十三人，是因为我觉得需要些银子，来付你我的客栈钱。"白南珠慢慢地道。

容配天瞪大眼睛："你……你……我又不是没有银子……"

"那是你的银子，我怎可让你花钱？"他勾起嘴角，微微含笑，"我说他们撞见我练武，认出了'往生谱'，你可会觉得好受些？"

"你到底是为了劫财？还是为了灭口？"她脸色苍白，呼吸急促。

他含笑看着她，眼睛眨也不眨："灭口。"

"你……你骗我……"她慢慢地道，"那杀章病呢？"

"那要怪章老叫花自己眼神太好，我从他窗口经过，他看见了追出来。"他道，"所以我杀了他。"

"那你为何要从他窗口经过？"她一字一字地道，"你存心引他出来，是不是？"

白南珠又微笑了："你真聪明。"

"是不是？"她低声喝道。

他眼神略略一飘，"是，他们要抓杀死'胡笳十三人'的凶手，我杀他们其中一人，是为了立威。"

她分不清楚他所说的究竟是真是假，虽然他句句回答，她却始终充满挫败感，仿佛他答一句，自己就战败一分："那你为何要杀店小二？"

他一笑："那店小二对我动手动脚，不该杀吗？"

她眉头紧锁："你……你……那'土鱼'贾窦与你有旧，你又为何杀他？"

"那是失手，我本无意杀他。"白南珠道。

"好，杀贾窦，你是失手！"她蓦地激动起来，"那杀死千卉坊满门五十五口，放火烧屋，夺走雪玉碧桃，是失手吗？你……你……总在骗我……总有些什么理由，是你练习'往生谱'泯灭人性，滥杀无辜，还总以为有些什么理由……"

"他不肯给我雪玉碧桃，我说过他若不交出雪玉碧桃，我就杀他满门、火烧千卉坊，是他不信……"白南珠慢慢地道，"他不信，我就杀人。"

"你要雪玉碧桃做什么？"她从未听过有人对"杀人"一事如此轻描淡写，仿佛只是吹了口气，心里愤怒至极，"你为那不知所谓的东西，就能随便杀人满门？你……你……你自己难道不是父母所生父母所养，难道就不是人、半点良知也没有吗？"

"我只要你不伤心，什么都没关系。"白南珠柔声道。

"你抢夺雪玉碧桃，和我有什么相干？"

"赵上玄中了桃花蝴蝶之毒，要雪玉碧桃解毒救命啊……"白南珠语调越发温柔，"我本是想让他杀死'蝶娘子'，怎知他竟然被桃花蝴蝶所伤，我又不想他死。"

"他中了桃花蝴蝶之毒？"容配天蓦地呆住，僵硬了很久，"你抢夺雪玉碧桃是……是为了救人？"

"是啊，"白南珠道，"他若死了，你必定伤心痛苦，不是吗？"

"我……我……"她心中如翻江倒海，不知是苦、是甜、是痛苦还是欢喜，又或者根本只是荒谬绝伦过了头的悲哀，"你怎能杀死五十五人，只为救一人之命……你……你……"她已说不出"你"什么，眼前之人疯狂如此，却似全然为她，若世上有人该为那数十条人命抵罪，或许她容配天，才是应当受千刀万剐刀山油锅的那人啊！

"不怕，就算阎罗王想要他的命，我也能让他不死。"白南珠柔声道，"雪玉碧桃、何氏蜜加上桃花蝴蝶，在我身上养毒，再过三日，饮下我身上的血，他就不会死了。"

她终于紧紧地咬住下唇，颤声道："你杀死千卉坊和何家满门，抢走雪玉碧桃和何氏蜜，然后在你自己身上养毒？"

他点了点头，表情一如既往地温柔平静。

她手指颤抖，那柄断刀在她指间刀光不住晃动，熠熠生辉。刀光一分一分往白南珠颈项划去，一寸一寸、一步一步，慢慢划到了白南珠颈上，一滴血珠自断刃边缘沁了出来，她目不转睛地看着那滴血……冰冷的断刃架在白南珠颈上，在他颈上压出了一道淡红的印记。他静静站着，闭目等死。

过了很久，那滴血沿着断刃缓缓滑了下来，滑到容配天指间，更多的血顺着断刃流下，"嗒"的一声，有一滴跌落到了地上。

他等了很久，慢慢睁开眼睛，容配天仍目不转睛地看着那些血——那些流到断刃上的血、染在她指间的血、跌到地上的血……都是黑色的，是毒血。

断刀慢慢地收了回去，她的眼睛里突然充满了泪水，"当啷"一声断刀落地，她杀不了这个人、她杀不了这个人！"决……怎么了……咳咳……"白南珠仍对她温颜微笑，非常温柔，像害怕受到伤害的少女，小心翼翼，不料猛然咳嗽起来，唇角溢血，身子微微一晃，方才韦悲吟全力一掌，他似是受了重伤。

容配天呆呆地看着他咳嗽，看他咳了些血出来，不得不扶住身旁的砖墙方能站稳，看他仍旧小心翼翼地看着她，眼里带着笑，却似在问她为何不杀他？那眼神很单纯，真的很单纯，他是诚恳的，一直都很认真，其实他……或许只不过……一直爱得太用心，以至于所作所为，看起来都像入魔成癫……而已。

付出太多，人都会发疯，她真的、明白的——一滴眼泪自她眼里掉下，跌碎在地，跌在他的毒血里，她往前迈了一步。

"决……"白南珠喘息着，退了一步。

她往前两步，扶住了他的手臂。

"我……"

"不许再杀人了。"她低头闭目，"跟我回去。"

"回去哪里？"

"江南山庄。"

"好。"

"你不怕吗？"她突然大声道，"我要向天下武林昭告你的罪行！我要让大家都知道所谓'南珠剑'是这样一个残忍恶毒杀人如麻的魔头！你不怕吗？不恨我吗？你可以杀我，就算你身受重伤，我相信你要杀我一样就像踩死一只蚂蚁，你杀我啊！你杀了我，就可以逃走，天上地下没有人抓得住你……"

"我不会杀你。"他轻声道,"我想……和你一起走一段路,就算死也没关系。"

她的眼眶之中泪水滚来滚去:"你……你……你这疯子!"

他微微一笑,大半身子倚在她的手臂上,表情安然,竟给人十分幸福的错觉:"知道我为什么诱他杀人,又嫁祸给他吗?"

"为什么?"

"如果他肯回到你身边,好好爱你,我就向天下武林承认,那些人都是我杀的……"他柔声道,"如果他不肯回到你身边,我就杀更多的人,咳咳……杀更多人,我要他受千夫所指、万人唾骂、日日生不如死、夜夜不得安枕,到那时他定会日夜思索究竟要不要回到你身边,纵然……纵然他始终不肯,也是日日夜夜想着你了。"

她怀抱着他,眼泪一滴一滴落在他胸口,他说"千夫所指、万人唾骂、日日生不如死、夜夜不得安枕"那是何等怨毒!说到"纵然……纵然他始终不肯,也是日日夜夜想着你了"又是那般凄然,她此时方才明白,自己心中那说不上是苦是甜的滋味,实是心痛至极——紧紧抱着这个人,她语调哽咽苦涩,就如被千万箭矢刺中心窝:"你为什么不想……不想你曾是恩怨分明,锄强扶弱的英雄好汉,也曾打抱不平,也曾救人性命,为什么能杀人满门……"

"世事一场乱麻,人生不堪回首……决,不去想就好了,不去想就好……"他柔声说。

"你也曾想过吗?"她颤声问。

"当然想过。"他回答得很平静。

"如果不曾认识我,也许你一生一世都会是江湖名侠,绝不会杀人害人。"

"如果不曾认识你，我早已在韦悲吟的炼丹炉里，变成了长生不老药。"他柔声回答，"救命之恩，难道不该涌泉相报？"

她的脑中一片混乱，他分明样样都大错特错，她一时却难以辩驳："南珠……"

他的眼睛突然亮了："我第一次听你这样叫我。"

"不要再杀人了。"

"好。"

"真的只要我想要什么，你都会答应吗？"

"真的。"

"跟我回江南山庄，以后不要再杀人了。"

"好。"

她将他扶起，横抱起来，面对着空旷死寂的何家庭院，心中一阵发寒。白南珠人极瘦削，抱在手中虽然比寻常女子重了一些，却并不吃力，何况、何况在他们朝夕相处的那几年中，早已不知像这样抱过他几回了。

# 第七章

杀人

江南山庄。

"当啷"一声兵刃坠地,"胡笳十八拍"中最后一人脸色惨白,退到场外,上玄和"胡笳五拍"的决斗已经结束。那五人联手齐上,不过百招,就已一一落败。上玄冷冷望着碎了一地的兵器,"啪"的一声一抖衣袖,傲然道:"还有什么人上来?一一奉陪!"

场内外一片沉默,容隐坐在椅上,淡淡看着上玄独立场中,看了一会儿,才道:"各位都是高手,看明白了吗?"

上玄一怔,什么看明白了?

场外众人仍是一片沉默,"啪"的一声震响,聿修振了振衣袖,大步自容隐背后走了出来。

"如此看来,我的下一个对手,就是你了?"上玄眼见聿修缓步上前,仍是冷笑,"难道你便自负,能将我奈何?"

聿修淡淡地道:"我会尽力。"

上玄退了一步,扬手劈出一掌,喝道:"那你便尽力来吧!你我之间,今日尚是第一次交手呢!"

聿修举手应接,"啪"的一声双掌相接,竟未有什么惊天动地的变化。上玄这一掌并非"衮雪",聿修接掌之时闪身而过,他虽是独臂,那掠身而过激起的疾风却让上玄气息为之一滞。聿修素来沉稳,往往以简单招式稳中取胜,很少以奇变出招,如今欺入身前,究竟想要如何?上玄一惊之下,一个转身,"嚯"地脱下外衣,用力外振。聿修一声轻喝,"嚓"的一声脆响,袖风过处,上玄的外衣骤然出现千万裂痕,顿时千丝万缕,狼狈不堪。场外"咦"的一声,似乎对聿修的武功颇为惊异,此时上玄怒火大盛,大喝一声,"衮雪"扬手劈出,聿修闪身避开,轰然声响,江南山庄院中炸开一个三尺深浅的坑道,沙石土木飞扬,众人纷纷躲避。聿修微微一笑,手上招式突变简单平易,不再行险冒进，上玄却被撕破的外衣所纠缠，两人翻翻滚滚，很快拆了一百来招，上玄连劈数下"衾雪"，聿修都避了开去，但要击败上玄，也是渺无希望。正在此时，江南丰长长叹了口气："各位看够了没有？我却是已经看够了。"

诸葛智满脸阴沉，"胡笳十八拍"剩余几人点了点头，容隐慢慢地道："各位都是明眼人，上玄'衾雪'未成，功力尚不能运用自如，虽然武功不弱，但要以同一招'缠丝式'勒死十三人，也是绝无可能。他面对胡笳五友以命相搏，也要六十八招过后才分胜败，自不可能一招之间，在未遇反抗的情形下，杀死十三人。"

"那也可能是他使用了别的恶毒伎俩。"诸葛智冷冷地道。

"方才聿修撕裂他的衣裳，如果上玄精通'缠丝式'，在聿修侵入他身前之时他便可以布条勒颈，一招之间，就可克敌制胜。"容隐淡淡地道，"但聿修都已将颈项送与他指掌之间，他却只知出掌，不知利用破衣制敌。赵上玄性情单纯，不善作伪，今日比武他是不是尽了全力，各位都是高手，自不必我说，他究竟是不是杀人凶手，想必我亦不必再说了。"

众人面面相觑，各自默然。来到此处的武林中人都是一方豪杰，自然看得出上玄并未作伪，以他的武功修为，要连杀"胡笳十八拍"那十三人也确是不够，若此事确凿，难道那真正的凶手，武功还要高过"衾雪"吗？

"纵然那些人不是他所杀，那我老堡主、千卉坊满门，难道也都不是赵上玄所杀吗？"白堡中有人冷笑，"只怕未必，大家都看见了，以赵上玄的武功，杀死千卉坊满门，只怕不是什么难事吧？"

此言一出，人群中顿时哗然，容隐一掌拍下，"喀啦"一声，他手下那张木椅纸扎般碎裂，化为一堆木屑，却并未四散乱飞，就整整齐齐碎为那么不大不小的一堆。众人悚然一惊，尽皆变色，刹那静了下来，却见他一言未发，只淡淡"哼"了一声。

"千卉坊之事，尚无旁证，究竟谁为凶手，还要查证。"聿修缓缓地道，"能杀千卉坊满门者，在座几位之中不下十人，不能为凶手铁证。"

"那就是说，你们认为赵上玄不是凶手了？哼哼，我早就听说，他和'白发''天眼'有旧，本不相信鼎鼎大名的两位竟会护短，如今看来，不过如此……"那白堡中人冷笑道，"枉费天下武林对两位如此敬重，千卉坊五十五位英灵地下有知，想必心寒。"

聿修一双眼睛明亮平静地看着他，慢慢地道："我并未如此说。"

那人本自冷笑，却被聿修一句话堵住了嘴，满面恼怒怨毒之色，却见聿修视线移了过去，明定地盯着上玄，淡淡地道："你可信得过我？"

上玄道："信得过如何，信不过又如何？"

"信得过，你束手就擒，待我和容隐查明真相，到时候，只要有一人是你所杀，你抵命；人若不是你所杀，还你清白。"聿修慢慢地道。

"信不过呢？"上玄嘴角微撇。

聿修神色不变，淡淡地道："我本就没想过你信不过我。"

"好大口气。"上玄冷笑，"我的确信得过你。"

聿修眼睛也不眨一下："嗯。"

"但要赵上玄束手就擒，是妄想。"上玄森然道，"我不愿！"

聿修嘴角露出淡淡的笑意："今日你若出去，便是失了与天下和解，查找真相的机会。"他言下之意众人都明白——如果上玄束手就擒，日后若再发生杀人之事，便与他无关，也可表示他对天下武林之诚意。

但上玄不愿。

"我本也没想过你能答应。"聿修半点也不惊讶，微微一叹，"你之一生，都在抵抗一些强加于你身的……不幸，倒似无论走哪条路，都不得世人谅解……"

"我该感动吗？好像你谅解了？"上玄冷笑，"谅解了就让路！"

聿修退了一步，斯斯文文地负手，竟然真的让开了路。上玄一怔，就在众人或惊诧或愤恨或困惑的眼光中，大步走了出去。

"决，要喝茶吗？"前往江南山庄的途中，客栈之内，白南珠柔声问。

韦悲吟那当胸一掌实在厉害，容配天本想快马加鞭把白南珠带回江南山庄，但路上白南珠伤势发作，如果不停下休息养伤，只怕路上他便死了，带一个死人回江南山庄有什么用？她不得不停下，在秋风县一家客栈中住了下来。

"不用了，你关心你自己就好。"她支颌坐在窗下，白南珠斜坐床头，她眉头微蹙，心事重重的模样。

"咳咳……再过两天，就可上路了。"

她回过头来看了他一眼，淡淡地道："到了江南山庄，你也必是要死的，这么着急，莫非想死在路上？"

"我只愿这一路永远走不到，但更不愿你发愁。"他幽幽地道。

"你只要不再杀人害人，我就不发愁。"她随口说，随即也幽幽叹了口气，"你……至于其他，那是我欠你的，今生今世，若你被人千刀万剐，我便也被千刀万剐就是了。"

他微微一颤，她料他是想到了她被千刀万剐的情形，嘴角一勾，只见他脸色苍白："不……不要。"

"你作的孽，既然是为了我，自然……我也有份抵罪。"她轻声道，"答应过你的事，一定做到，我说过会和红梅一样不得好死，那就是不得好死。"

"我……"他沉默了，不知想到了什么。

她凝视了他很久："南珠。"

"什么事？"他问。

"有件事我一直想问，"她慢慢地道，"作孽的时候，杀人的时候，你怎样面对你自己的心？"

他似乎没有想过她会问出这样的问题，想了很久，他回答："我在黑暗之中……"

似乎答非所问，但她明白他答了什么，心头涌上丝丝苦涩："那你在杀人的这几年，做过好事吗？"

他低头不答，摆弄自己白皙如玉的十指。

"有，是不是？"她轻声道，"南珠，我一直想问你，你能为我从侠士变为恶魔，那能不能为我，再从恶魔变成侠士？"

他浑身一震，惊惶失措地抬起了头，眼中一片震惊。

"能不能？"她低声问。

他看着她的眼睛，突然问了一句："难道事到如今，你还以为我本是个侠士吗？"

"我不知道，我只是这样问，是不是，你不说，我怎么知道？"她回视着他的眼睛，慢慢地回答。

他凝视着她，过了好一阵子，忽而轻轻一笑。

就在此时，微风吹过，带来了少许沙沙的声音，容配天和白南珠相凝的视线都微微一震——他们都很清楚，这样的声音，代表着突变和麻烦。

很快，那些声音穿过窗底，沙沙地往客栈更深处去，容配天突然"咦"了一声，白南珠微微一笑："蛇阵！"这轻微的沙沙移动的声音和当日桃花林中红珊瑚移动的声音极像。这次蛇虽然没有那日桃林中多，但也是不少，自客栈外进来，很快爬过各家厢房门口，往庭院深处爬去，显然那庭院深处定有古怪。

两人相对沉默，此时此刻，不宜惹事，纵然庭院深处有什么古怪，他们也插不上手。

"老大，我看将里头的和尚都毒死算了。那十几个和尚和他在里面磨叽了五天，也不知道比试什么，我看也不用比了，再过几天，饿都饿死了。"一个声音响了起来，却是曾二矮，容配天和白南珠都微微一怔，不知他们说的是谁。

另一个声音凉凉地道："少林和尚倚仗人多势众，血口喷人，自己说别人有罪就有罪，比皇帝老子还大。他们要抓人回去，没有抓到岂不是很没面子？少林寺面子比天都大，就算饿死，也不能半路罢休。"

又有一人道："我看他们多半就在比试挨饿的功夫，到最后谁没死，谁就赢了。"

这驱蛇的三人，自是曾家三矮子兄弟，也不知道里面谁和少林和尚铆上了，他们居然如此关心。容配天暗自估算，五天之前开始比试，那就是在他们入住这客栈的前一天，庭院深处就有古怪了，他们在此休息四日，居然毫不知情。

白南珠唇齿微动，极轻极细地道："少林十七僧。"

容配天皱起眉头，少林本有十八天魔僧名扬天下，五年前远赴苗疆一场战役中丧一人重伤一人，只剩十七人，不知何故少林寺始终未曾挑选新僧加入，直至如今，人称"少林十七僧"，仍旧名扬天下。凡有危害江湖人神共愤的魔头，此十七僧必将其擒回少林寺。多年以来，除逃入秉烛寺的数人以及苗疆那场大败之外，十七僧罕有败绩，如今在客栈中与人相峙五天，到底是遇见了什么魔头？

庭院深处仍是静悄悄的，没有半点声息，容配天纵然不愿多事，也是有所好奇，凝神静听，却并未听见什么。过了一会儿，白南珠仍是极轻极细地道："赵——上——玄——"

她全身一震，心里却没有觉得有多惊奇，当今之世，要说魔头，舍去上玄，有谁敢称"魔头"？虽然……虽然要说真正的魔头就在身边，但受伤憔悴，待己千依百顺，说不出的温柔体贴，尚有三分楚楚可怜，只怕十人之中，要有八人不信吧？

床上微微一动，白南珠慢慢从床上坐直了起来，穿鞋下床。她低声喝道："你要干什么？"

"去看看，难道你不想去看看？"他穿好鞋子，脚步尚有些摇摇晃晃，却足下无声。容配天伸手扶住他，脸上的神色变幻莫测。

客栈深处有一重庭院，叫作"春风"，里头四个房间，乃客栈最好的房间。此时庭院大门紧闭，淡淡的灰尘之上留着些蛇虫爬过的痕迹，方才的蛇阵，果然真的进入里头的庭院中了。

奇怪的是，这许多爬虫进了里面，里面也依然没有半点声息，仿佛是个空洞，无论什么东西进去，都仍然是个空。容配天伸手推门，白南珠低声道："且慢！"

"你听见什么了？"

"没什么，几位朋友在我们身后，请出来吧。"

"嘿嘿，白南珠耳力不错，居然听得出我兄弟人在身后，佩服佩服。"庭院外草丛中曾家三兄弟如老鼠般窜了出来，嘿嘿冷笑，"原来容姑娘也在，幸会幸会。"他们成日跟着上玄，但白南珠嫁祸杀人一事，上玄却从未对他们三人说过，容隐、聿修虽然知情，但没有证据之前，也从未说过"白南珠才是真凶"云云，以至于曾家兄弟却不知道眼前这位脸色苍白，眉目如画的白衣公子，就是让满江湖惶恐至极的杀人狂魔。

"里面是怎么回事？"容配天压低声音问，"他……他人在里面？"

"我们在路上遇到少林寺的十几个和尚，要抓他回少林寺'六道轮回'。他和和尚们进了这个院子，里头'轰隆'一声，不知出了什么变故，五天没人出来。"曾家兄弟耸耸肩，"其他的我兄弟一概不知，包括里面是死是活，统统不知道！"

"是吗……如此……"白南珠微微一笑，"容姑娘是上玄的……好朋友，你们陪她在此等候，我去看看。"他推开容配天扶着他的手，"咳咳……"

"你受了伤？"曾一矮皱眉道，"受了伤还逞什么强？只是这道门古怪得很，我兄弟试用了八种方法，始终打不开，甚至刀砍在门上都被反震回来。你伤得不轻，还是不要逞英雄的好。"

"里面恐怕会有危险，不妨事的，我去去就来。"白南珠咳了一阵，摇摇晃晃走到门前。曾家兄弟大皱眉头，正在想象"扑通"一声这站也站不稳的"少侠"被门上的暗劲震倒在地，摔得鼻青脸肿，却见白南珠跃过墙头，进墙内去了，随后门内未再传出半点声音。曾一矮挥刀对着大门砍了一刀，只听"噗"的一声，刀尚未砍到门上，就已反弹回来。要他像白南珠这样翻墙而过，他却不敢，几人面面相觑，只得等在门外。容配天怔怔看着那道高墙，脸上的表情仍是奇怪得很，随后突然跃起，也待翻墙而过。她骤地挥掌而出，却"啪"的一声被什么东西反震回来，竟然连墙头都过不去！

曾家兄弟和容配天相视骇然——这墙内究竟在做什么，竟然有如此强烈的劲道，让功力稍弱之人根本无法接近？

上玄在里面如何了？

白南珠抱伤入内，又如何了？

白南珠见过的场面，不可谓不大和不多，人世间善恶美丑，以至于恐怖、惊惧、战栗、疯狂、死亡等场面他都一一见识过，但越墙而过，看见眼前这等场面，他还是颇感意外。

庭院之内，是一个巨大的土坑，土坑边缘，一群蛇死在那里，一看便知是被内力将骨骼震得粉碎。那土坑之深，让白南珠微微一怔，往下一探。原来这春风庭院下是一个石砌地窖，地窖之中收藏硕大冰块，本为夏日取冰之用。上玄和"少林十七僧"在庭院中掌力相搏，交掌之后劲力震塌地窖顶上泥土青石，十八人一起摔入地窖。随后冰块失却地窖保护，不住融化，几人渐渐陷入地底六七丈深处，地底积水不断增多，头顶上落下的泥土、砖块、巨石以及身旁高叠的巨大冰块无不构成巨大威胁，一个不慎哪个落了下来，这十八人正在掌力相拼，冰块砸头便是头破血流、脑浆迸裂之灾。形势岌岌可危，十八人不约而同背靠地窖，另一掌掌力往身后地窖墙砖泥土中送去，抵住头顶下落的冰块巨石，却造成了难以罢休之势。随着冰块不断融化，积水已到了十八人胸口，而崩塌的地窖渐渐中空，被掌力震松的巨石又将崩塌。若是平时，巨石砸头这十几人自然不惧，虽然不见得毫发无伤，至少也不会有性命之忧，但此时真力早已折损大半，行气一个不慎就有可能被对手逼回，狂喷鲜血而亡，何况巨石当头砸下？以至于十八人苦苦相撑，竟撑了五日，偶尔能以身边冰水解渴，却无法出声，身边巨石承受巨大真力，一旦哪个先支撑不住，必定块块碎裂，当头倾泻而下，因而虽然苦不堪言，十八人仍旧咬牙坚持。饶是这十几都是当世一流高手，此时也已油尽灯枯，奄奄一息。

"啪"的一声轻响，"少林十七僧"中的"饿鬼僧"缓缓启目，只见有人自地窖崩塌之处跃下，踏足冰雪融水之上，脸露微笑，那张脸半红半白，白者白垩，红者胭脂，全然遮去了本来面目。此人踏足水上，随水轻轻晃动，在他这等高僧看来，每一下晃动都暗和了水之韵律，以至于始终不沉，轻功、内力之佳，平生未见。

上玄一睁眼、骤然见一名红衣人当空跃下，此人红衣如纱，一张脸半红半白，正是数月之前他在桃林中遇见的白红袂，此人当日弹琴、筝，吹箫、笛等乐器，手法妙绝，却不知武功之高，竟至于斯。

"五日相持，竟然仍是不胜不败之局，诸位的武功修为，委实令人震惊。"那红衣人白红袂微笑踏于冰水之上道，"只是再撑下去，只怕各位数十年的根基修为，都要毁在这地窖之中了，不如我数到三，大家一起罢手吧。"

罢手？五日之内，谁没有想过罢手？只是一旦罢手，头顶上的石头立刻砸将下来，各人早已筋疲力尽，要如何抵挡？耳听来人拍手数道："一、二、三。"上玄当先收了掌力，少林十七僧亦一起收掌，果不其然，头顶轰然一声，砌墙的石块碎裂成鸡蛋大小的碎石，瀑布般奔涌而下，刹那尘土飞扬，不见事物。便在碎石倾泻而下，众人大骇之际，突地烟尘之中有强风掠起，碎石遇风偏移，噼里啪啦震天大响，那些碎石竟然都避开人身，一一跌入冰水之中。十七僧一个一个纵身而起，跃上地面，尘土飞扬之中，上玄只觉一只手臂抄到自己腰际，有人低声笑道："好朋友，能和十七僧对峙五日，让我对你刮目相看。"他本要反抗，但委实已经筋疲力尽，被人一把带起，直掠上地面。

地窖之外，空气清新，花草繁茂，和地底截然不同，少林十七僧一一跃上地面，此时都盘膝而坐，运气调息。这五日相持，大伤功脉，只怕十七人中，有一半以上武功大损。上玄运一口气，撑住摇摇欲坠的身体，冷冷地看着将他救上的恩人："白红袂？"

那把他救上的人一笑，突地挥手"啪"的一记打了他一个耳光，纵身离去。

上玄无缘无故被他扇了一记耳光，一阵错愕，手抚着脸。他也曾怀疑过白红袂和白红梅是否有关，或者根本就是同一人？但从聿修那里传来的消息，数年之间，江湖大地都有人称为一个半张脸红、半张脸白的红衣人所救，白红袂其人，并非伪装，而且行事作为大有侠风，和白南珠所乔装的痴情女子白红梅大不相同。

但这一位隐侠，为何要无缘无故给他一记耳光？

正在此时，春风庭院花廊路口走入一人，白衣如雪，脚步摇摇晃晃，正是白南珠。上玄不待气息调匀，一掌对他劈去，喝道："白南珠！纳命来！"

白南珠尚未来得及闪避，上玄一掌劈出，随即一口黑血吐了出来，竟然一头栽倒，摔入白南珠怀中。

"咳咳……"白南珠似乎半点也不意外，双手一张，将上玄接在手中，苍白憔悴的脸上涌起一丝耐人寻味的古怪笑意，伸手把了把上玄的脉门。正在此时，庭院大门终于打开，曾家兄弟和容配天冲了进来，眼见庭院中土木崩坏，少林僧个个脸色蜡黄，只比死人多了口气，都是一呆，眼见白南珠抱着昏厥的上玄，容配天蓦地站住，呆呆地看着他。

"哎呀，他可是死了？"曾一矮和曾二矮齐声问，曾三矮却道："他打死了几个和尚？"

"他没事，"白南珠却对容配天展颜一笑，"可能桃花蝴蝶终是发作了……咳咳……"他突然全身一软，抱着上玄骤然一晃。容配天抢上两步将两人一起扶住。白南珠脸上露出笑意，靠在她怀中，极轻极细地道："他的内力根基很好，不像我……咳咳，如果不是这些和尚使车轮战术，即使中了桃花蝴蝶也可能永远不会发作，不如将这些和尚统统杀了……"

"南珠！"她低声喝道，"大师父们德高望重，你不可胡思乱想，你累了，把他给我，我们回房间休息。"

白南珠微微一颤，顺从地把上玄递到她手中，却见她扶住上玄，转身的时候，突然握住他的左手，拉着他一起走。

她可能……很害怕。

他轻轻咳嗽，低头跟着她走，不再提杀人的事。曾家兄弟面面相觑，一起跟上，虽然地上盘膝调息的和尚们"德高望重"，却没有人过去寒暄两句，问候一声，片刻间众人走得一干二净。

她真的很害怕，虽然……似乎看起来她很有主意，并且很镇定。

如果上玄不再醒来，就此死去，她该怎么办？如果上玄醒来，却依然对她漠不关心，她该怎么办？如果白南珠杀人，她该怎么办？如果白南珠真的不杀人……她……她又该怎么办？

认识赵上玄几乎二十年了，她从来没有见过他生病的样子。这个男人自负、冲动、任性、娇纵，当然……也聪明，只是不如她大哥、不如聿修，或者也不如白南珠那般聪明，不如一些太会算计自己和别人的人那般聪明，总是相信一些表面的东西，总是被人骗，总是容易生气，总是容易冲动，容易为亲近的人拍案而起，而从不考虑自己会有什么后果。

现在上玄躺在她的床榻上，白南珠方才躺过的那张床。上玄的脸色并不苍白，显出一种异样的桃红，自呼吸衣袖之间散发出一股淡淡的花香，传说中毒越深、越久，那股香味越重，越容易引来食人蝴蝶。她一只手握住上玄的右手，另一只手握住白南珠的左手："南珠。"

"啊！"白南珠一直看着她握着他的手，闻言如梦初醒，"对不起我忘了……决，没事的，别担心，我这就为他解毒。"

容配天放开握住他的手，在桌上拿了一个瓷杯。白南珠目不转睛地看着她的手，她放开了他，他显然很失望，接过瓷杯，右手双指一并，犹如利剪互夹，黑色的毒血自指间不住流出，很快盛满一杯。曾家兄弟在窗外探头探脑，对门内三人奇异的行为议论纷纷，说个不停，此时见黑色毒血流出，三个人反而都住了嘴，表情极是惊骇诧异——这解毒之法他们也略知一二，白南珠竟以己身养毒，为上玄解毒，要解桃花蝴蝶之毒，非雪玉碧桃和何氏蜜不可，难道千卉坊血案和何氏灭门，都是……

"我想他宁愿死了，也不愿是你来救他。"容配天看着那些黑色毒血被白南珠慢慢喂入上玄口中，脸色苍白，幽幽地道，"但是我总希望他活着。"

"他不会死，只要有我在，他就不会死。"白南珠柔声道，

"不怕。"

她脸色很苍白，并没有什么表情，那双幽幽的眼睛出奇的黑，不认识容配天的人看来或许认为这个女子有些冷漠，但白南珠看得出，那样的眼神，是出奇地迷茫和无助。"南珠，你真的很狡猾，为我做的事，拒绝了，我会失去重要的东西；不拒绝，我一样会失去重要的东西。"她顿了一顿，"明明知道这些事或许都是你布下的局，明明知道你很可怕，却让人不能恨你。"

白南珠微笑，笑得犹如一朵洁白的小花开在血泊之上："什么局？"

"说不定'鬼王母'便是你暗中指挥，派遣去密县杀人的，说不定你一早算好他可能伤在桃花蝴蝶之下，今日救人之事，都是你早就计算好的。"她麻木地道，"说不定你除了嫁祸他逼他回到我身边之外，还加上施以救命恩惠，如此恩威并施，他才能听你的话。"

"哦？"他柔声道，"或许真的是。"

她继续喃喃地道："所以一切都是你计划好的，所以杀人也好，养毒也好，都是你的阴……阴谋。"

"嗯，不错，一切确是安排好的，我除了希望他回到你身边之外，还希望可以控制他。"白南珠继续柔声道。

她眼圈突然一红，颤声道："你控制他做什么？你还想要做什么？"

白南珠闻言一怔，却似容配天这一句话问倒了他："我想要……我想要……"他接下去道，"独霸江湖，所以需要一名武功高强的帮手。"顿了一顿，他又道，"我想要你快乐。"

"你自己武功天下第一，要上玄做什么？他不如你聪明，不如你能干，你控制他有什么用……"她骤然激动起来，眼泪突然掉了下来，胸口起伏，"你做不到的事，他更做不到……不不不，你就是为了独霸江湖，就是为了独霸江湖……"她满眶泪水地喃喃道，"我不管你为什么要控制他，总之如你这样的恶人，必定要独霸江湖，绝……绝不可能只是为了我。"

白南珠轻轻一笑，没有回答。窗外曾家兄弟竖起了耳朵在听，听到此处面面相觑，都是神情古怪，眼神诡秘。

容配天闭上眼睛，紧紧握着上玄的手，她已经知道自己的心在某个地方静静地崩塌了，那些碎片都掉进了不可知的地方，掉下去之后，一直没有落地，就如消失了一样。

"老大——"一片异样的寂静之中，曾三矮突然说，曾一矮低声喝道："闭嘴！"

容配天的床榻上，上玄的唇边突然溢出了一丝黑血，那黑血的颜色和白南珠指上流出的一模一样，更多黑血涌了出来，一股异常浓郁的花香散发出来，片刻之间，春季的蚊蝇蝴蝶纷纷自窗外飞入，绕着上玄打转。

她吃了一惊，挥袖驱赶那些蚊蝇，白南珠五指一张，"啪啪"几声微响，那些蚊蝇突然坠地，悉数死去。她低声问道："怎么……"白南珠眼中掠过一丝难以察觉的惊讶之色，点住上玄胸口几处穴道。"他——"她情不自禁，脱口问道，"怎样？"

"他将我喂入他腹中的毒血逼了出来，"白南珠喃喃地道，"只是触动毒伤，导致脏腑出血。看来他虽然力竭，神志并未完全昏迷，真是死也不愿被我救……"

"当然。"她半点也不意外。

"赵上玄，你听着，我比你强，所以在我面前，就算你要死，也是死不了的……"白南珠突然极柔和地轻声道，"我要你吞下多少人命换来的解药，你就得吞下，我要你承受多大的罪孽，你就得承受。"他微微一顿，柔声道，"因为你对不起配天。"

她沉默，或许几天前她听到这样的话是会惊讶愕然的，但此时她已有些了解白南珠，他是这样的人，此时此刻，没有丝毫掩饰。

上玄或许是当真听见了白南珠的言语，突然一颤，口中吐出了一大口黑血。白南珠"啪"的一掌搭在他肩头上，方才自行剪破的手指悬在上玄唇上，一滴浓郁的毒血"嗒"的一声跌落在上玄唇上。只见二人头顶白气氤氲，汗水凝结于眉际发梢，足足过了半个时辰，白南珠指上的毒血自上玄唇角不住滑下，浸湿了大片床榻，上玄方才微微张开了一丝唇线，让毒血自口中流入。

显然白南珠全力施为，上玄力不如人，为白南珠内力所制，被迫饮下毒血。她目不转睛地看着，也不知她看的是上玄，还是白南珠，又过了好一会儿，她突然缓缓眨了眨眼睛，近乎荒谬地，她没有被白南珠感动，只是想明白了一件事，一件仿佛毫不相干的事——原来他其实并没有受伤。

白南珠没有受伤。

被韦悲吟当胸击了一掌，但他没有受伤！他若是真的伤了，不可能做到眼前这种地步，以自身功力控制他人身体，尤其是像上玄这样与他功力相差不多的高手——一路上的病态虚弱，跌跌撞撞，数度吐血，全部都是……骗人的。她又被他很彻底地骗了，他貌似柔顺，但其实从不打算真的跟她回江南山庄，而只是想骗她躲在这客栈里，骗她……照顾他。如果不是上玄和那"少林十七僧"碰巧也住在这里，说不定他们还要在这里"缠绵"数日。她目光定定地看着白南珠，看着他身上的血大半都流到了床上，看上玄极其痛苦和不甘地喝下解药，再看他发梢上的汗水一滴一滴滚落到衣裳上，看他有些踌躇满志地望着上玄轻轻一笑。

"南珠，"她低声道，"你果然是天下无敌。"

白南珠突然回过头，笑得已有些小心："决？"

"没什么，我只是说，你果然是天下无敌。"她低声道，语气像一抹幽魂，"我很感激你救了他。"

"不，你在想什么？"他转了语气，低声问。

"我在想，虽然你很爱我，但到底你说的哪句话才是真话，哪句话是假话？"她幽幽地道，"还有，我眼前看到的这个白南珠，从前相识的那个白南珠，温柔痴情的红衣少女，丰姿潇洒的白衣剑客，为我负伤的杀人狂魔，狂妄自负的救命恩人，到底哪一个，才是真的你？"

他微微一笑，柔声道："我一直是我，从来没有变过……"

"你什么时候才能不再骗我？"她打断他的话，"你……像个怪物……"

他微微一震，脸色本就苍白，突然变得更加没有血色，犹如一块细腻光洁的白玉，因为白得太完美而显得分外诡异："以后不要说这句话。"

"你——这——"床上有人发出低沉嘶哑的声音，"该被满门抄斩五马分尸弃市丢到午门外去喂狗的浑蛋！咳咳……我一定要杀了你一定要杀了你一定要……咳咳……"上玄自咽喉深处呛出些微血丝，猛然坐了起来，向白南珠扑来，骤然掐住他的脖子，"你这个疯子！你是个疯子！我和配天怎么样……不关你的事，莫名其妙杀人……咳咳……放火……嫁祸……你以为你在做什么？你以为在为她好？你想害死我？还是在想一些其他什么乱七八糟的东西我不管，她虽然个性不好脾气很差，但她是个好人，你做这些乱七八糟杀人放火的事，她会难受，她会觉得有罪！"他手指上用力掐下，怒吼道，"你既然派遣'鬼王母'来暗算我，又为何杀死千卉坊和何氏一家养毒来救我？你根本就是个疯子！根本是杀人成性，不杀人你就受不了，把别人的身家性命当儿戏，还把别人死活也当儿戏！你以为我赵上玄是什么人，是可以任你欺凌侮辱，随意操纵的吗？告诉你！"他突然松开双手，倒退两步，冷冷地看着白南珠，"我已通报开封府和刑部，朝廷告示即日可下，普天之下衙门捕头、禁军、屯兵都以你白南珠为头号凶犯。你于子午年八月十七生于苏县，生父白沙鸥，生母卫氏，皆死于你八岁那年，你练有'往生谱'，如今你二十有四，再过四个月，就是你二十五大限！今年八月，普天之下，所有人都是你的敌人！"数日不见，白南珠的一切，上玄竟然都已查得清清楚楚，了如指掌。这番话说出来，白南珠也是一怔，有些意外。

容配天蓦然一震："你——你回京城去了吗？难道你……"

"不收拾了这个疯子，不把他从你身边带走，我怎能放心？他分明是个见人就杀残忍恶毒不可理喻莫名其妙的疯子！你以为我奈何不了他？谁都以为我奈何不了他？"上玄骤然吼道，"我要将他千刀万剐！我要他死无葬身之地！我要将他弃市！要他被凌迟、枭首、腰斩！你以为我做不到吗？做不到吗？哈哈哈哈……"

"你——你——居然真的回去，做了乐王？"她低声问道，"为了杀白南珠？"

上玄猛地转过头去："他该死！"

"他当然该死，他该死一千次一万次，但是他的确是……救了你。"她道，"你为了杀一个人，可以放弃你曾有的赵家的尊严和仇恨，忘记你曾经坚持的东西，回到京城去？上玄，你才真的疯了。"

上玄骤然回身："谁说我回去当王爷了？通报开封府和刑部有杀人狂魔白南珠的，是杨桂华，不是我。"

她一怔："但你……"

"我要他死。"上玄似乎皱了下眉头，"我绝不容他在你身边！你是我的人！"

"咳咳……"白南珠方才任他掐住脖子，此时颈项上多出一圈深紫色的掐痕，在白皙光洁的肌肤上十分显眼，却见他咳嗽之后笑道，"你若真能杀人，方才只要再加一把力，我就已经死了。赵上玄，我之所以比你强，是因为你有极限、顾虑、原则、人情，而我……什么都没有。"上玄尚未回答，白南珠仰头微笑，"放开我的时候想起我救了你是吗？你啊你，你如果有三分心狠，说不定真是个劲敌，可惜你不但讲道理，而且重恩情。"

"我平生从不亲手杀人。"上玄冷冷地道，"但说不定哪一日当真会亲手杀了你。"

"我救你的命，耗费了八成功力，今日你若要杀我，一点不难。"白南珠微笑道，"何必等到他日。"

"你当我不敢吗？"上玄森然道。

"敢不敢，白南珠引颈以待。"白南珠居然真的伸长脖子，等着上玄再度来掐，那细长白皙的颈项，就如风雨中雪白的丁香花柄，单薄而清秀。

上玄一伸手，迅速再次掐住了他的脖子，用力握紧。白南珠眼角瞟向容配天，脸上含笑，柔声道："你要我死，我就去死——"

此言一出，上玄和容配天同时全身一震。上玄突地把他整个扔了出去，"砰"的一声大响摔在床上。容配天抢了出来，拦在床前，张开双臂："你……你……暂且……不要杀他。"

骤闻此言，白南珠眼神一亮，上玄怒道："你……你……难道你——"

"我……我……"她轻声道，顿了顿，才又道，"你在这里杀了他，死无对证，天下永远不知白南珠方是这一连串灭门惨案的真正凶手，照样会有许多人追杀你、找你报仇。既然他今日功力大损，不如你我将他带回江南山庄，交给我哥处置。"

"这种理由……是为了救他的命，还是为了救我的命？"上玄冷冷地问。

她沉默，过了好一会儿，她道："都有。"

白南珠的眼睛更亮，上玄的脸色更苍白："好，既然是你说的，你说不杀，我便不杀。"他居然学了白南珠方才那话，将脸转向一边，不再看她。

房中顿时寂静如死，容配天僵直地站在两个男人中间，这两个人一个是当今皇上封为乐王的皇亲国戚，另一个是举手可以杀人千百的疯狂恶魔，她若是有一句话说错了，或许……便会掀起一场腥风血雨。僵直了好一会儿，她慢慢地道："你是不是怀疑我和他不清不白，怀疑我对他……如何如何？"

上玄冷哼一声："你其实不想他死，不是吗？你对他如何，你自己心里清楚，只是你不要忘了，你生是我的人，死是我的鬼！"

在江南山庄，上玄辱她和白南珠不清不白之时，她愤怒得不能自已，但此时他说出更加恶毒更加伤人的话，她却不觉得委屈。容配天脸色苍白地看着房间的屋梁，或者在几年陪伴之中，在这一路上，那个人费尽苦心一骗再骗，她确是有些糊涂，有些……心软了。她缓缓将视线从屋梁上移下，移到上玄身上，她看着他的背影，那背影很熟悉，她曾看了许多年，曾为这个人付出许多，但……从未得到温柔的对待，未曾感受过他心中的真情。虽然上玄或许是真的爱她的，她却费尽心思也无法将那份爱从他心中掏出，怎么也触摸不到。除了那些"你生是我的人，死是我的鬼"，那些控制欲强烈的言语，那些理所当然和自以为是之外，他真的不懂，要如何去爱一个女人。

她是真的爱上玄，只是相比白南珠对她用情如此之深，愿意为她做到如此地步，更有一种深深刺入心中的委屈，和无能为力。"玄……"她望了他的背影很久，幽幽地叹了口气，"我毕竟是你的妻子，是容隐的妹子，无论如何，你该相信我不会做出对不起你的事。"

上玄蓦然回身，他从未想到听到的是配天这样的回答，她很少叹气，他认识的容配天从不叹气。"你是什么意思？难道你对他——难道你真的对他——"

"他纵然有一千种一万种该死的理由，但他对我，比你对我好过千万倍。"她终于淡淡地道，"我纵然不能感恩，也该感激，不是吗？"她略略瞟了上玄一眼，"你又为我做过什么？"

上玄张了张嘴，刹那间竟无话可说，一股强烈到极点的愤怒涌上心头，他想也未想，一句话冲口而出："那你又为我做过什么？"

霎时间两人都是全身一震，脸色大变，相互凝视，突然醒悟到——这么多年的相互埋怨和不满足，究竟是哪里出了问题。他们彼此个性强硬，一样从小娇生惯养，一样倔强自负，以至于不知该如何对彼此付出感情，不知该为对方做些什么，时日一久，不满足渐渐变为怨恨，当初相爱的心情，在时间中化为灰烬，成了折磨彼此的死灵。

白南珠躺在床上，看着这两个人相互瞪视，嘴角勾起一丝淡淡的笑意，眼底却泛起一丝温柔，轻轻咳嗽了一声："咳咳……我和决……不，我和配天，当真是清白的，你不可不信。"他咳出一口黑色毒血来，脸色变得越发苍白如玉，又道，"她虽然娶了我，但她总是在想你……想你什么时候会找到她，想你会不会时时刻刻记着她，想到你或者早已将她忘了，在别处过得很开心，她就痛苦得很，你……你到底明不明白？"

"那天是她自己要离我而去，她既然要走我留也留不住，多说无益，何必多说？"上玄冷冷地道，"既然她的心不在我这里，我找她回来也没用，我乃堂堂赵氏宗亲，绝不受他人之辱！"

"你真是不解风情呆头呆脑的傻瓜一个，"白南珠轻声道，"咳咳……你怎知她的心不在你那里？你问过她吗？拉住过她吗？你告诉过她你在乎她、很在乎她吗？你有让她知道你之所以非要杀我，之所以愿意利用官府之力，都是因为你……不喜欢我在她身边吗？"

上玄一怔，容配天怔怔地看着上玄，上玄却呆呆地看着白南珠，只见他幽幽一叹，幽怨到了十分："你们……你们彼此相爱，我……我……"突然一滴眼泪掉了下来，他哭泣的时候似乎从来没有先兆，突然之间就掉泪了，然后含泪一笑，"赵上玄，日后你陪在她身边，不要离开她，对她温柔些，我就昭告天下，说那些人都是我杀的，好吗？"

"哼！我为何定要听你的话？"上玄心里一片混乱，白南珠是可恶至极，但从他口中说出一些话来，却也有些不是那么讨厌。

"你不听话也可以，"白南珠的语调轻幽幽的，似乎半点不着力，"虽然我今日功力大损，但就凭你们，只怕还拦不住我。"他突地从床榻上一跃而起，轻飘飘上了屋梁，白衣染黑血在梁上飘荡，"我就杀更多的人嫁祸给你。你离开她一天，我杀十个人，你离开她十天，我杀一百个人，白南珠说话算话，从不打折。"

"南珠！你答应过我不再杀人！"容配天道，"不要这样，你不过是练了'往生谱'改变了性情，你本不是这样的人，快点下来，我们……我们一起商量办法，不要再杀人了！"

"他不肯爱你，我就杀人。"白南珠柔声道，"他若答应陪你一生，我自然不再杀人，答应过你的事，一定会做到。"

"你……你简直……不可理喻。"容配天仰头看着他，一贯冷漠的表情突然有了些变化，变得凄凉，"你这不是待我好，你在害我……进万劫不复的地狱。"

"自练了'往生谱'以后，除了杀人，我什么也不会。"白南珠道，"对不起。"

"你下来吧。"上玄双手握拳，本来心头一片混乱，此时越发犹如乱麻，一阵隐约的眩晕掠过脑际，他没有多想，极其不耐地道，"我本就会一直陪在她身边，我好不容易才找到她，不必你威逼利诱胡说八道，我自然不会离开她。"

"真的？"屋梁上的人幽幽地问，随后叹了口气，"那就好啦。"他又轻飘飘地自梁上跃了下来，"那么启程吧，我们回江南山庄。"

第八章

真相

"且慢。"正当曾一矮等人听得目瞪口呆，浑然忘我的时候，突然有人道，"阿弥陀佛，原来真正的杀人凶手是白施主，如此倒要请白施主随老衲到少林寺一行了。"曾一矮吓了一跳，抬头一看，却见许多头顶光溜溜的头颅，确是"少林十七僧"不知何时无声无息潜伏在旁，他们三兄弟却没有发现。随着那一声佛号，七八名布衣僧人越窗而人，将上玄三人团团围住，口中低声念着佛号，手中或握或拈，都捏着上乘武功的口诀，那是决计不肯让白南珠随容配天回江南山庄的了。

"少林十七僧"偌大名声，十七僧分别号为"饿鬼""地狱""畜生""人僧""阿修罗""天僧""阿热""阿寒""大叫唤""众合""黑绳""等活""无间""游赠""孤独""中阴""悲号"。合六道和众地狱之名，可见这十七僧在佛家中扮演的角色，正是地狱阎罗，要审判人间善恶，赏罚分明。这十七位和尚和寻常和尚可大不相同，平常和尚连蚂蚁都不敢踩死一只，这些僧人却是心肠硬若铁石，但凡有罪，纵然是太上皇帝貌若天仙的公主悲泣呼救，他们也不会觉得她有半点可怜。

"不行，我答允了去江南山庄，就一定去江南山庄。"白南珠一反方才幽怨的语调，冷笑道，"我就不去少林寺，各位大师当如何？"

孤独僧并不动气，合十道："阿弥陀佛，江南山庄和本寺同为武林正道，白施主无论去到何处，都是一样的。"

"既然都是一样的，为何我定要和你们回少林寺？"白南珠冷冷地道。

"只因江南山庄绝无一处关得住你。"大叫唤僧突然道，声音洪亮，不愧其名，"世上除了少林寺，何处关得住你这种杀人如麻的魔头？"

"哼！一群不知所谓的和尚！"白南珠突然尖声道，"刚才我若要杀人，十七条人命统统杀了，哪里还容得你们现在来废话？你们十七个秃头不知感恩念佛，竟然想要擒我？你们如来佛祖没有教你做和尚要安分守己不要白日做梦吗？哈哈哈哈……"他平日说话文雅温柔，语气平和，突然说出这番话来，让容配天为之一呆。上玄目不转睛地看着他，只见白南珠眉宇间泛起一层浓重的黑气，双手十指指甲渐渐变为玉色，突地喝道："白南珠，气走风池、印堂、听宫、中脘、天枢，下足三里、行间、丘墟、魄户、厉兑，稳住！"

白南珠眉宇间黑气越涌越盛，双目之中黑瞳变得出奇大，望之令人惊心胆战，只听他气息急促，冷笑道："没有用的，我想杀人的时候，就一定要杀人——谁叫他们惹了我？谁叫他们刚才不走？我本想饶了他们的，我本想饶了他们的……"一言未毕，他身影一晃，袖中一件事物一飘，已鬼魅般缠到大叫唤僧颈上。容配天失声惊叫，那缠到老和尚颈上的东西，赫然正是红梅的腰带，也正是勒死"胡笳十三拍"的凶器！

大叫唤僧身侧的地狱僧出手相救，指风掠过，白南珠手中腰带应指而断。地狱僧道："今日你元气大伤，绝非我等对手，还是束手就擒，和我等返回少林为上。"

"不是你等对手？哈哈哈，怎么可能——"白南珠断去的腰带在大叫唤僧颈边飘过，老和尚突然变色，捂颈倒退，骇然道："有毒！"

白南珠仰天大笑："不是有毒！只是剧痛而已，不会死的，老和尚手下杀人无数，竟也怕死！"

"如何？"阿寒僧低声询问。

大叫唤僧眼中惊异之色隐去，道："阿弥陀佛，原来施主身负'往生谱'，已练成第九重。罪过罪过，'往生谱'第九重，练力为刀，弑神弑鬼，天下无敌。只是，往生第九重力犹如刀锋，杀人之时固然锐不可当，在自己体内行走，一样令人痛不欲生。白施主年少英俊，侠名昭著，何以练有此功？老衲十分不解。"

此言一出，十七位僧人齐声念佛，目中各有怜悯之色。上玄默然，方才白南珠为他疗伤之时，他已经知道白南珠真气强劲，不是寻常人经脉所能承受，若非他在寒窑中练成"衮雪"，筋脉异于常人，定然无法忍受。那股真力在白南珠自己体内行走，必定是如刀割针刺，痛苦异常，"往生谱"之所以令人短命，多半也由此而起。他下如此决心练"往生谱"，忍受这般生不如死的痛苦，却是为了她！

"待我杀了你，再试试你还能不能多嘴！"白南珠挥袖指着大叫唤僧的眉心，身影如流光闪烁，刹那化出七八个影子，七八只手掌轮番砍向大叫唤僧的顶心。大叫唤僧身边的地狱僧、阿寒僧、阿热僧、悲号僧各出一掌，却听"啪啦"声响，那七八只手掌竟然并非虚幻，四个和尚各接一掌，"噔噔噔"各退三步，脸色大变，猛然抬头去看大叫唤僧，却见白影一闪，容配天把大叫唤僧挡在身后："南珠！"

白南珠这一掌斩到容配天头顶，硬生生收住，就在这一顿之间，少林十七僧将他团团围住，二十来只手臂点中他身上二三十处穴道。天僧缓缓地道："这位施主，老衲谢过了。"

容配天眼见白南珠被擒，见他眉宇间那股黑气越来越盛，黑得如同要在双目之间再生出一只眼睛来，又见他一双眼睛的黑瞳出奇大，已近乎变得没有白色的地方。"大师先不必谢我，我并没有打算让他和你们回少林寺。"她缓缓地道，语调似乎很平静，"他要跟我回江南山庄，去见'白发'容隐。"

"阿弥陀佛，若是老衲定要带白施主回少林寺呢？"大叫唤僧合十道，"生擒杀人凶手乃我寺住持下令，我等不可不为。"

"若是我定要带他回江南山庄呢？"她神色不变，淡淡地反问，"大师可要和我动手？"

大叫唤僧一怔，几人面面相觑。白南珠神色似乎微微一震，那眉宇间的暴戾之气却是越来越浓，双眉间突地缓缓裂了一个伤口，一滴黑色毒血自双目之间流下，那虽然无声，却是一种说不出的惨烈之状。她情不自禁颤抖了一下，全然无法想象白南珠此时身上是什么感受，如果任他这样被带走，他或者会死，或者会疯，那……那……他会有多可怜？

"少林寺'六道轮回'里关的都是一群疯子，"上玄突然道，"这个人虽然滥杀无辜，却还不是个疯子。"

"赵施主，你蒙他嫁祸，难道还要为他说话？"大叫唤僧皱眉。

"我要带他回江南山庄。老和尚，你该很清楚，你我动手，至多两败俱伤，你胜不了我。"上玄森然道，"他嫁祸于我还是我嫁祸于他都是我和他的事，不需少林寺多管闲事。"

她心里突然热了，这是上玄第一次为她说话，为她任性的决定说话，他没有站在一旁冷笑，他在帮她！她蓦然回头去看上玄，就像从来没有看见过他一样。上玄见她骤然回头，脸上的表情微微一震，依稀掠过了一些近乎温柔的神色。

大叫唤僧沉吟了许久："既然赵施主如此说，老衲不再勉强，只是此人练有'往生谱'，日后若在江南山庄出事，老衲几人便无法插手了。"他言下之意，白南珠如果被上玄带走，少林寺此后便不再管这凶手一事。

"当然。"

少林十七僧一齐退去，临走时各自看赵上玄的眼神都有些奇异，似是有些欲言又止，最终没有说明。

此时白南珠双眉间那伤口的血仍然在流，那双眼睛几乎已经变得全黑，上玄一解开他的穴道，一双苍白如玉的手刹那已掐住他的颈项，十指根根蕴有巨力，要将他的脖子扭断，那是轻而易举。

但他并没有扭断上玄的脖子，而是一寸一寸，非常痛苦地松开了自己的手指。那双眉之间的血一滴一滴滴落在地上，血中带着奇异的味道，似乎含有花香，又有一股腐败的气息。容配天屏住呼吸，伸出手臂，一分一分接近白南珠，一分一分触到他的肌肤，再一分一分将他拉住。她一生不知要如何温柔，此时突然极其柔和地低叫了一声："南珠？"

白南珠闭上了眼睛，退了一步靠在她怀里，全身不住颤抖，似乎在和什么激烈交战，痛苦至极而无法战胜，也不能停止，呼吸急促至极。上玄突地出了房间，很快从客栈厨房提来一只母鸡，淡淡地道："动手吧。"

白南珠骤然睁眼，一掌劈出，"嚓"的一声轻响，那只母鸡连叫也未来得及叫一声，只见客房墙上一片血肉模糊，竟被一掌震成了肉酱。容配天脸色苍白，紧紧抓住白南珠，却见他一掌杀鸡之后，又过了好一会儿，突然长长吐出一口气，双目间的伤口止住血，睁开了眼睛，那双眼睛也渐渐恢复正常，不若方才可怕。

"很难受吧？"上玄目不转睛地看着白南珠，"不能杀人的滋味。"

"咳咳……"白南珠低声咳嗽，脸色虽然苍白，眼神却已有些灵活，轻轻一笑。

"你后悔了没有？"上玄问。

"后悔什么？"白南珠低声问，"后悔练了'往生谱'？后悔杀了那么多人？"

"不错。"上玄仍旧目不转睛地看着他，似乎想在他的脸上看出一个洞来，直看穿他的心。

"没有。"白南珠抬头一笑，"后悔的话，岂不是更痛苦？"

"南珠。"容配天慢慢地道，"我想问你一件事。"

"问吧，不管你问什么，我都会答。"白南珠柔声道。

听到这一声温柔言语，上玄突然发觉，自己从未对配天说过这种话。

她却已听得习惯，突然极是苍白地淡淡一笑："你杀那些人的时候，是不是觉得……不杀人就会很痛苦，就像刚才一样？"

白南珠笑了："不是。"他柔声道，"我杀人的理由，不是早已告诉过你了吗？"

她凝视着他，慢慢地道："但我怎么听，都觉得你在骗我……"

"决，不要尝试去找原谅我的理由，"白南珠柔声道，"即使找到了又怎么样呢？人还是我杀的，他们确实都已死了。"

她默然，不再说话，仍然扶着白南珠，而白南珠也仍然靠在她怀里。上玄看在眼中，不知为何，并不觉得嫉妒，那个人，只需靠在她怀里，就觉得很幸福了，他并没有要索取更多。

房中寂静了一会儿，窗外的曾家三兄弟不知何时已经消失不见，不知去了哪里。他们的来和去，房中的高手们竟都没有察觉，各自想着各自的心事，彼此沉默。


江南山庄。

自从上玄离去之后，江南山庄就陷入非议之中，不住有人上门挑衅，说为何放走杀人狂魔赵上玄。自然其中不乏别有用心之人挑拨离间，江南丰近来疲于应付，心力交瘁，不得不暗暗埋怨容隐、聿修二人，但容隐伤势未愈，他又不能明说。

这一日，江南山庄前来了一位青衫中年人，貌不惊人，穿的是一件道袍。江南山庄开门纳客，来人谈吐不俗，尚称文质彬彬，在江南山庄内四处游逛了一圈，告辞而去。江南羽尚不觉得什么，聿修和容隐却都是眉头微蹙，仿若看见了什么不祥之事，将要发生。

从那客栈到江南山庄，路途上必要翻越武夷山脉。这日三人骑马到了武夷北麓，不得不弃马爬山，到午时以后，三人才爬到半山。

初夏时节，山上草木青翠，花朵众多，各种蜂蝶也是四处纷飞。三人在花木山道中转了几个圈，容配天突然发觉，那些蜜蜂蝴蝶绕着上玄打转，走得越久，上玄身边的蜂蝶越多，自己和白南珠身上却没有什么蝴蝶。

难道他身上的桃花蝴蝶之毒还没有除尽？她心里存疑。白南珠轻轻拈起一只蝴蝶，将它放在身旁树叶之上，那蝴蝶立刻飞去，翅上的粉末缺了一块，露出白南珠指尖的痕迹。那指尖生得很美，尖尖细细，十分秀气。他没问什么，上玄也没说什么，三人都望着那些环绕着飞舞的蝴蝶，沉默了一阵，又往山上爬去。

"哈哈哈，听说江南山庄最近犯了众怒，白堡集合了江湖豪杰，要和江南山庄理论，你们大岩塞要不要算上一份？要是江南山庄这一次阴沟里翻船，我九环沟和你大岩塞说不定都能翻翻身，在江南一带风光一回……"遥遥一阵阴恻恻的笑声传来，容配天和上玄都是一惊：江南山庄有难？有人要围攻江南山庄？

江南山庄为武林盟主已经多年，想取而代之的人自是不少，只是不知如今的江南山庄是否还有江南丰少年时的能耐，抵得住这次风雨。

　　"我大岩塞素来安于武夷，从来没有争强好胜的心，以我等这些微末功夫，万万不能和能人相比，还是在山后种茶为是。你不必说了，还是请下山去吧。"另一人道，"虽然你是我亲弟，但是……唉……我是管不了你，但你若能听我两句，此事你也是莫要加入的好。"

　　"老娘生前就说你胆小怕事，如今快六十的人了还胆小怕事！怪不得几十年了你的破塞还是这样子，徒弟也没几个，活得有什么意思？投靠了白堡，输了不关咱们的事，也就壮个声势，赢了分咱们一杯羹，当你是大哥，我不会害你的。"先前那人还待再说，后一人喝道："罢了，你下山去，我这里不欢迎你。"

　　"嘿嘿，大哥，实话对你说，你这破塞没几个人，人家白堡还不看在眼里，人家看中的是你塞里那绝世好茶。怎么样，你既然怕麻烦，不如把那茶给我带走，我绝不叫你参加，日后也绝不会来找你……"

　　"哼！白堡要争武林盟主之位，要我的茶叶做什么？"

　　"大哥你真笨，江南丰那老小子平生爱茶，没有绝世好茶，怎么敲得开江南山庄的大门呢？哈哈哈哈……"

　　"我呸！妄想！"

　　"大哥你不要不识抬举，我是带了高手来的，今天你给最好，不给也得给！否则我烧了你大岩塞，让谁也喝不成那茶！"

　　上玄三人渐渐行近，只见几个陡坡之后，有十来间茅屋，茅屋前后都种有茶叶，生长得碧绿可爱，风中阵阵茶叶芳香，嗅之令人胸臆大清。有三人站在茅屋前，两人身着黄衣，另一人身着补丁破衣，正要动手，突地看见上玄三人转了过来，其中一人"啊"地大叫一声:"你……你……"

白南珠和容配天的目光都转到上玄脸上,上玄脸上没有什么表情。那人定了定神:"我认错人了,这位仁兄,请……请便。"上玄却突然冷冷地道:"那日你站在箭阵东南方,第二十二人,我可有记错?"那人顿时脸色犹如死灰,半晌说不出一个字来。

原来此人便是密县桃林中白堡埋伏圈中的一人,那日箭阵被上玄破后,此人胆小立刻便逃,侥幸留了条命下来,今日撞见上玄,只当他不识得自己,谁料上玄眼力记性奇好,硬生生将他认了出来。

"白堡的江湖侠士英雄豪杰在这里劫掠茶叶,所为何事?"上玄淡淡地问。

那手持锄头,身着破衣的大汉却不知上玄为何许人,自是不明为何那"高手"见了他犹如老鼠见了猫,拱手道:"这是我大岩塞的私事,兄台几人文质彬彬,还是不要蹚这浑水的好,请上路吧。"

这人却是秉性忠厚的老好人,容配天见他把自己一行当作"文质彬彬"的少爷公子,不禁有些好笑,莫说上玄和白南珠那是什么人物,就算是自己,收拾这"高手"也绰绰有余了。便在这时,白南珠站在上玄身后,轻轻地道:"哦?"

那"高手"骤然听见此声,大叫一声,掉头便跑,声调之凄厉,犹如白日见鬼。他身边那相貌猥琐的瘦子奇怪至极,茫然向这三人看了几眼,往那高手追了去:"张大侠?张大侠?"

上玄没有回头,冷冷地问:"他听过你的声音?"

白南珠抬袖遮住半边脸,轻轻一笑:"呵呵,说不定是他天生害怕我的声音。"

"你去过白堡?"上玄淡淡地问,"那日桃林之中,潜伏指挥的人果然是你。"

白南珠唇角略勾，似笑非笑，向那种茶大汉看了一眼："今日他虽然跑了，难保日后不会再来纠缠，你若想要清净日子，最好搬个家。"

那大汉甚是感激，上下看着眼前三位年纪轻轻的少年人，实在看不出这几人究竟是何处可怕。抱拳道："多谢，三位可是要过山？请往这边走。"

"他们——何时要去给江南丰江大侠'送礼'？"白南珠仍旧半举衣袖遮面，轻轻地问。

"下月初八。"那种茶大汉道，"这是江湖大事，我打算立刻下山，将消息通知江大侠。"

"不，你要立刻搬家。"白南珠微笑道，"你知道了白堡意欲挑衅江南山庄，待我等一走，难保他们不会回来杀人灭口，此事让我等通知即可，你还是立即收拾东西，换个地方吧。"

种茶大汉恍然大悟，十分感激，连连点头："承蒙提醒，感激至极。"

容配天和上玄的目光都凝在白南珠脸上，随后面面相觑，要说这两人有心意相通的时候，多半便是此时，心里一样充满疑窦。白南珠却施施然拱了拱手："如此，告辞了，我等赶路。"

辞别了种茶大汉，三人又翻过了半座山，上玄终于忍耐不住："你当真要通知江南山庄？"

白南珠微笑着看了他一眼："难道不像？"

自然不像，容配天和上玄再度面面相觑，这人心里在想些什么，实在让人无法猜测。

"莫非你们以为，我要吃下这个消息，让江南山庄在措手不及之中灰飞烟灭，而后江湖中没了武林盟主，我就不必受所谓'江湖白道'审判了？"白南珠悠悠地道，"是吗？"

"我不知道你在想什么。"她低声道，缓缓摇了摇头，"或者是，或者不是，我不知道。"

白南珠似笑似叹地看了她一眼，柔声道："你只需信我不会害你，也不会害你朋友就好。"

上玄看了他一眼，又看了他一眼，目光奇异，分辨不出是什么神色，淡淡地道："那我们尽快赶路吧。"


六月初六。

江南丰的寿辰。

江南山庄内外宾客盈门，不少人带了门客弟子，来往的宾客比之去年整整翻了两番，虽然人人脸上带笑，身上未见兵器，但江南山庄中弥漫的不是一股喜庆之气，而是一股隐约的阴翳和轻微的浮躁。

"如何？"聿修站在涌云堂内看了容隐一眼，容隐的脸色仍有些苍白，气色却不错，他坐在椅中，手持一卷书卷，书页始终没有翻开。

"不如何。"容隐冷冷地答，"尚未图穷匕见，寿辰仍是寿辰。"

"宾客太多，要是其中有人对江南丰不利，难以防范。"聿修淡淡地道，"若有人练习过合搏之术，如此多宾客即使都是庸手，也是大患，难以防范；若前些日子江南山庄已经被人做了手脚，就更难以防范。"

"白堡、'岳家双旗'、麒麟门、九环沟……"容隐道，"这便罢了，只是韦悲吟也在其中，令人不得不防。"

"我一直在想，韦悲吟人在其中，那些与他的长生不老药之事素有往来的常客，不知是否也插了一手？"聿修慢慢地道，

"据你所说，'惊禽十八'和杨桂华在江湖游历，目的不明；杨桂华名为头领，却受监视；以白堡之能，如何请得起韦悲吟这位大人物？此事背后定有靠山，所以……"

"所以你以为，这次贺寿大宴之后定有主谋，此人和韦悲吟有关，欲对江南山庄不利，或者与'惊禽十八'和杨桂华江湖之行也有干系。"容隐突然冷笑一声，"聿修，你当真不知道是谁吗？"

聿修表情不变，淡淡地道："或许知道。"

容隐从椅中站了起来，负手看着窗外灰白的天空："我在意的是另一件事。"

聿修也不惊讶，淡淡一笑："白南珠？"

容隐目中的神色一点未变，仍旧深沉凝重，缓缓地道："以你我所查，白南珠暗中传信召集群雄在密县林中围剿上玄，究竟是他异想天开，还是有人授意而为？"

此话一出，聿修微微一惊，他却未曾想过此事："你是说——"

容隐没有回头，森然道："如果背后主谋之人真是和韦悲吟有关，十有八九便是对他长生不老药很有兴趣的那几人，那就算不是皇上亲自出手，也是经常服药的皇亲国戚。去年洛阳一战禁军被借去数万，皇上对'江湖中人'岂能不防？江南山庄与官府素无往来，虽然是武林盟主，却不能为朝廷所用。白堡和'岳家双旗'几个门派和江南山庄素来有隙，如能挑拨一二，造成火并，让听话的人取代江南山庄为新的武林盟主，岂非就能号令武林，一劳永逸？杨桂华带领'惊禽十八'在江湖隐姓埋名数月，除了寻人，难道当真无所作为？他贵为步军司，尚有谁能牵制于他？还有——白南珠指使白堡围剿上玄，其间白一钵几人无端毙命，致使白堡和江南山庄有今日之事，这究竟是巧合还是别有原因？”

"白堡虽然门徒众多，但并非江湖名门，胆敢率众贺寿，咄咄逼人，若说无人相助，委实不合情理。"聿修淡淡地道，"但如果当真背后靠山是皇亲国戚，有禁军侍卫做后盾，那自然底气很足。只是若真是如此，当日在桃林之中围剿上玄就是朝廷借刀杀人之计，既然策划得如此隐讳周密，怎会杀而不死，让上玄走脱，而成为如今局外之棋？"

"此即可疑之一。"容隐深沉地道，"若桃林之中当真是某些人意图借刀杀人，此事自'胡笳十三拍'之死开始就有预谋，那白南珠必是其中重要一角，既然如此，他怎会让上玄走脱？"他的目光牢牢盯着窗外地上一块青石砖，"你我都莫要忘了，白南珠武功甚高，当日他若加入围剿，死的就不是白一钵，而是赵上玄。"

"若要说此事背后并无预谋，有许多事就无法解释，比如说杨桂华一路跟踪，埋伏江南山庄之外，意欲何为？"聿修淡淡地道，"比如说白南珠为何要杀'胡笳十三拍'？韦悲吟为何会到江南山庄探察地形？比如说白堡何以敢带领一百四十四人前来贺寿？"

"有一件事，"容隐也淡淡地道，"你莫忘了，白南珠也姓白，白堡之白。"

聿修点了点头："此事背后定有问题，但为何上玄未死？上玄一向是他们的目中之钉，不杀不快。上玄未死，还有一种可能——"

容隐冷冷地接了下去："问题只在白南珠一人身上，白南珠和白堡虽有关系，但他未必全然听从幕后人策划安排。"他一字一字接着道，"他表面上为白堡做事，听从主谋之人指挥，实际上他却为了配天向着上玄,所以密县桃林一战虽然筹划周密,布下天罗地网,但白一钵死了,上玄却能逃脱——白南珠本就从未想害他。"

聿修微微点了点头:"所以你问上玄,若白南珠对他有恩,他当如何?"

容隐淡淡地道:"此事也只在你我推测之中,是与不是,只能走一步算一步。"他的目光冷冷地望着庭院外人来人往热闹非常的寿筵,"只消……"他一句话尚未说完,只听寿筵中一声惨叫,江南丰骤然喝道:"白晓尘!你——"

"江盟主既然敢包庇杀我爹的凶手,又纵容某些欺世盗名的恶贼放走赵上玄,就该想到有犯众怒的一天。"筵席上有人朗朗地道,"赵上玄杀的可不止我爹一人,今日满座宾客,一来是为德高望重的江盟主贺寿,二来是为了向江盟主讨个说法,我等想听一听江盟主的解释。"

"白堡主如果真是想听解释,为何出手伤人,杀我一名侍从?"江南丰怒道,"你之行径,和杀人恶贼有何区别?"

筵席之中有人哈哈一笑:"我不过给了他一个耳光,谁知道他身子如此虚弱,竟然死了,哈哈哈哈……"

江南丰语言之中充满愤怒,大声道:"我放走赵上玄,是信他并非真凶;白堡来者是客,我暂且容你胡说八道,等寿筵一过,我倒要你白晓尘给我解释,为何杀我侍从!"

"哗啦"一声,寿筵之中有许多人站了起来,有兵刃出鞘的"当啷"声,江南羽喝道:"你们想做什么?"

"江南山庄包庇杀人恶贼,触犯众怒,早已不能服众,哼,我等今日替天行道……"白晓尘手臂一抬,背后站起的几十人"唰"的一声将刀插回鞘内,齐齐坐下。白晓尘见江南丰脸上变色，心里得意至极，"今日就称江盟主最后一次'江盟主'，吃菜，来来来，大家吃菜！"他手持筷子招呼大家吃菜，白堡一百来人立即抬筷猛吃，别人却谁也不敢动筷，有些是早有预料，微微冷笑，其余面面相觑，相顾骇然。

正在这时，轰然震天巨响，江南丰蓦然回首，只见土木崩塌，尘粉冲上天空，就在白晓尘"吃菜"的时候，几块石砖滚落到白晓尘桌旁，人人眼前一黑，"啪啦"一声身上都感溅到了碎石块剧痛无比，竟是贺寿厅被不知何处来的巨力所震，轰然倒塌。

屋中人都有武功，虽然贺寿厅突然倒塌，大出众人意料，却并未有多少人受伤。白晓尘也是一怔，拍桌而起，喝道："怎么回事？"

江南丰尚未回答，江南羽满脸惊骇，他也不知究竟发生了什么，一拂衣袖正要抢出去查看情况，骤然身侧人影一晃。他心中一动，往外冲的身子一顿，转过身来，猛然看见一个灰袍道人绕着江南丰转了几圈，江南丰突然倒地。那道人哈哈一笑，将江南丰拾了起来，提在手中。

满桌宾客都骇然看着这位灰袍道士，不知其为何许人也。白晓尘怔了怔之后，脸有愠色，坐回座位不再说话。江南羽认得这是前些日子曾来山庄拜访的道士："你……你……要如何？"

那道士似笑非笑，将江南丰高高举起："杀人。"

江南羽脸色惨白，江南丰的武功虽非江湖第一，却也是一流，在这道人手下居然走不过几招，他要杀此时提在手中的江南丰不过吹灰之力。他本非颖慧，刹那之间竟脱口而出一句："万万不可！"

那道士笑了起来，就在他"万万不可"之"可"字音落之时，左手一挥就要将江南丰斩为两段。白晓尘显是识得此人，脸上骤现喜色——只要江南丰一死，江南山庄便垮了，这位帮手虽是架子大得十分讨厌，但只要能杀江南丰，无论如何都是值得的。

"住手！"

一声轻叱传来，两个人影倏地出现在那道士和江南丰身前，一人截住那道士的挥手一斩，另一人出手擒拿，刹那将江南丰从那道士手中夺了回来。那道士猝不及防，微微一怔，上下一扫这突然出现的两人，诧异地道："江南山庄竟有如此高手？"

那截住道士挥手一斩的人独臂蓝衫，正是聿修，那出手抢人的人自是容隐。聿修淡淡道了一句"不敢"，容隐将手中的江南丰放下，缓缓问道：韦悲吟？"

那灰袍道人正是韦悲吟，扫了这突然出现的两人几眼，沉吟道："'白发''天眼'？"

容隐一手撑住穴道被封的江南丰，一臂张开，将江南羽等人挡在身后，而后颔首。江南羽惊魂未定，情不自禁退了一步，突然想起容隐伤势未愈，连忙抢在前面，喝道："你是何方妖道？炸毁我江南山庄，意欲何为？"

韦悲吟只看着容隐、聿修二人，脸上诧异之色渐退："'白发''天眼'也算传说中人物，杀你二人也不算辱我身份，嘿嘿，看我连杀你二人……"他嘴里喃喃自语，聿修眉心微蹙，出言道："得罪了。"出手拍向韦悲吟腰间，韦悲吟身带兵器，他看得出来。韦悲吟嘴角微翘，出手招架，两人无声无息地动起手来。

容隐在江南羽后心轻轻一拉，江南羽不由自主连退十来步，回头看容隐仍旧脸色苍白，尚有病容，心里惊骇——他居然仍有如此功力？

"江南山庄遭逢大变，前来贺寿的好朋友还请尽快离开，以免殃及池鱼。"容隐仍将江南羽几人挡在身后，给正在动手的聿修和韦悲吟让出甚大一片空地。旁观之人悚然惊醒，寿筵中站起不少人，急急离开，但大部分宾客静坐未动。江南羽心头越来越凉，显然留下之人，和白晓尘、韦悲吟乃同伙。容隐的目光在众"宾客"脸上打了个转，静坐未动的人都觉脸上一寒，心里打了个突，明知容隐重伤初愈，多半不能将自己如何，却仍是凛然生惧。

"江南羽，"容隐看着众位"宾客"，"你江南山庄中上下五十八人，会武的几人？"

江南羽低声道："五十八人多少都会一点，只是高明的不多。"

"江南山庄已毁，"容隐森然道，"今日之事，不擒白晓尘、韦悲吟，不能算得胜。你将家人列队编好，约下战后相见之地，以免过会儿动手失散，不能或不敢动手之人尽快遣散，以免伤亡。"他目光犀利地看着宾客中极其微小的变化，座中宾客每桌都余下十人左右，此时十人之中都有一人在低声说话，想必早有预谋，要将江南山庄一举覆灭。

突地筵席之中有一人站起，大步走到江南羽身后，手持月牙铲，满脸怒色。容隐目光一掠，却是铜头陀。继铜头陀站起，另一桌上另一人也跟着站起，微笑道："无量寿佛，出家人仍是那般脾气，我说再坐一会儿，偏偏不听。"却是武当清和道长。他们本坐在宾客之中，多数人仓皇逃走，他们却留了下来。

"哼！我说白堡不怀好意，想做那什么武林盟主，老道死也不信，说什么白堡声望不佳，绝无可能染指武林盟主！"铜头陀指着清和道长大骂，"武当号称江湖名门正派，竟然没有出手相助，简直枉称江湖白道，根本就是胡吹大气，自己打响的巴掌……"

清和道长哭笑不得："今日是白堡挑衅江南山庄，你骂我武当作甚？我又不知白堡有如此大胆，否则必定上报清静掌门，派人相助。"

两人堪堪说了两句，忽然十来桌宾客一起站起，将江南山庄中人团团围住。江南羽本以为这些人全是白堡的门徒，此时突然发现与自己面对面的多是一些生面孔，而且目光炯炯，显然功力不凡，绝非白堡泛泛之辈。他心头一凉——难道——

"江南山庄倒行逆施，维护江湖恶徒，早已失去武林盟主之资格，白堡老堡主为赵上玄所害，此人却为江南山庄放走，此行为除恶而来。各位好友，如不想和江湖恶徒同流合污，还是速速离去的好。"宾客席中有人有条不紊地道，声音却很陌生。

江南丰的穴道刚刚被容隐拍开，心里惊怒交加，他历经江湖风浪也多，但从未想过有人胆敢染指江南山庄。那敌阵之中发话的人他从未见过，似乎并非近来江湖出名的人物，是谁？

"欲加之罪，何患无辞？你是何人？"

那人道："我乃白堡区区小卒，不劳江大侠挂齿。"却不说名字。

江南丰和江南羽低声商议，铜头陀和清和道长也插口讨论，却是谁也不知此人究竟是谁。但看他仪表堂堂，说话文雅，绝非寻常小卒。容隐掠了那人一眼，那人微微一笑，容隐的目光木然自他脸上掠过，停在那人身边另一人脸上。

那个人书生打扮，气质高华，正是华山派叛徒，朝廷禁军步军司杨桂华。此时杨桂华站在那人身边，神色安然温顺，却是一副俯首帖耳的模样。容隐一言不发，那人微笑得颇有深意，聿修激烈打斗之间看了一眼，心里一震——那是翊卫官焦士桥，乃殿陛朝会之时，站于皇上两陛卫士之前的警卫官，曾任遥郡团练使。焦士桥与勋卫官、亲卫官并称三卫官，乃朝会上皇上最信任和最亲近的人，三人分立皇上周围。如今翊卫官焦士桥竟然在此指挥，那今日之事，幕后之人是谁，已是昭然若揭！

难怪杨桂华受制于人，焦士桥隐身"惊禽十八"之中，这一路他居中指挥安排，杨桂华不过是表面挂帅而已。焦士桥是午贵妃表弟，从未在江湖走动，江南丰自然不识得他，但他认得容隐、聿修，容隐、聿修自也认得他。

"各位若愿意放下武器，自认失败，奉白堡堡主白晓尘为武林盟主，你我便可握手言和，无须死伤。"焦士桥微微一笑之后继续道，"各位也看到了今日形势，江大侠这一方以六十二敌一百四十四人，并无取胜机会，何必固执呢？"

"阁下只怕并非江湖中人。"江南丰道，"江湖中人讲究气节名声，宁死不屈。白堡不过受人利用而来，阁下咄咄逼人，复将无中生有之罪名加诸我江南山庄，阁下说今日换作是你，你可会认败退走，承受千古骂名？"焦士桥多说两句，江南丰便看破他不是江湖中人，也看破今天的主角并非白堡，心中虽然震怒，却仍旧保持镇定。

焦士桥也不意外，微微一笑："既然如此，那就是话不投机了，桂华。"他退了一步，隐于人群之中，依稀挥了挥手，"上吧。"

杨桂华往前一步，对容隐点了点头，扬起声来道："动手！"

轰然一声，一百四十四人同时拔剑，江南丰心头大震——这根本不是江湖对垒，这些人训练有素，只怕根本不是白堡门徒！片刻之间剑光闪烁，"啊"的一声惨叫声起，一个侍女血溅三尺，江南羽、铜头陀、清和道长等人纷纷招架，堪堪编就的队伍分头迎敌，刹那之间，砖瓦遍地的寿筵就成人间地狱一般。江南丰心头惨痛，厉声长啸，一剑向人群中的焦士桥劈去，然而"当"的一声，有人出剑招架，却是杨桂华。

形势是早有预谋，容隐明知今日有难，却不料竟然是焦士桥领军而来，皇上收服江湖之心可见急切。此时四面八方都是刀光剑影，饶是他已将这些事看得清楚透彻，却也一时想不出什么方法应对，只能出手救人。这一百四十四人却都非泛泛之辈，容隐出手一击，一人以左掌相迎，"砰"的一声，竟然只是退了两步，丝毫不变颜色。

　　这是上玄当年在宫中练就的奉日神军！容隐眉头深蹙，这些人是上玄亲手调教，乃奉日军中一支奇兵，皇上竟然以上玄所练之兵陷害上玄，要夺那武林盟主之位！只是以皇上的聪明才智，只怕还想不出这样的伎俩——这其中——这其中或者还另有原因！

　　"砰"的一声大响，聿修和韦悲吟身影交错，已经过了五百来招，此时双掌相交，聿修连退三步，韦悲吟脸露笑意。他和聿修功力相当，但聿修只有一只手，闪避之间略有平衡失当。聿修虽然极其谨慎小心，但长期缠斗下来耗去颇多体力，此时已有力不从心之相，再打下去，他必败无疑！

　　聿修方才望了一眼众人战局，骤然认出奉日神军，方才被韦悲吟一掌震退，退了三步之后也感疲累。他一生从未气馁，此时心中却隐约掠过一阵不安——今日仓促迎战，身后无援，如此真刀真枪的人海之战，却是丝毫不能取巧，究竟要如何才能保住江南山庄几十人的性命？皇上要钳制武林，巩固江山，他并不以为有错，只是白堡绝非善类，要是成为盟主，定然又会惹起一场腥风血雨。他心有所思，突地眼前一亮，一阵刺耳的破空之声传来，韦悲吟暗藏腰间的兵器终于亮了出来，却是一柄短刀，一挥之间，已然到了他额头三分处！

　　"稳住！"耳边响起一道冷冷的叱声，聿修往旁一闪，有人替他接了一刀，"当"的一声兵刃相交，却是容隐夺了一柄长剑，骤地抢入。聿修点了点头，不再多想，闪身而上，仍旧拦住韦悲吟。

容隐持剑退下，江南羽与两名剑士打得激烈，渐落下风，容隐适时一剑递去，"啊"的一声一名剑士受伤退下。江南羽长吁一口气，回头只见容隐持剑站在人群中心，四面环顾，见到有人遇险便出剑相救，不免敬佩至极。但容隐脸色苍白，目光虽然犀利，气息却略有不稳，江南羽心里又是一寒——只怕如此下去，先支持不住的倒是容隐。

腥风血雨，刀光映着剑影，剑影映着刀光，残砖断瓦之上几百人搏命相杀，似是为了一种叫作"武林盟主"的东西，又似是只为了一些命令、一些名誉、一些不可避让的东西。

日渐西沉。

江南山庄那些被火药炸毁的屋宇和树木扭曲奇怪的阴影越拉越长，渐渐笼罩在奋战着的每个人头上、身上、脚上……

呼战声切，隐没其中的呻吟之声微弱，每个人的表情在搏杀之中都有些变了形。

一个时辰之后，韦悲吟一声厉笑，容隐悚然一惊，人人骤然回头，只见聿修嘴角挂血，虽然并没有什么痛苦的表情，人人却知他受伤极重。容隐乍然挡在聿修身前，冷冷地道："你退下。"

聿修接过他手中的长剑，一言不发，"唰"的一剑直刺东南，"啊"的一声和江南丰缠斗的三人中一人退下，他接替容隐之位，居中救援。只是他虽然持剑救援，却是时时凝视容隐和韦悲吟的战局。容隐伤势未愈，究竟能打到什么程度，连他也毫无把握。

人人都已奋战数个时辰，江南山庄众人渐渐力竭。天色昏暗，风沙萧萧，江南羽打得口干舌燥，突然看见，在逐渐深沉的黑暗之中，尚有许多双眼睛，在不远处虎视眈眈。他大吃一惊，看见众人脸色都很灰败，才知敌人远非眼前这百人，恐惧绝望之情突然笼罩心头，他从未想过，今生竟要死在这里，竟要如此死去。

残阳如血。

昏霭中一切的一切都已模糊不清，兵刃交鸣之中，江南羽打到心里迷茫。究竟为何会变成这样？难道世上善恶并非有报，难道人世当真是强者为王，只消力能胜人，就能说明一切，就能占有一切，就能抹杀一切吗？"嚯"的一声，他出剑挡了个空，骇然见一柄长剑对自己胸口刺来，"叮"的一声另一剑如意料之中那般出现，架住那差点要了他命的一剑，但就在刹那之间，只听江南丰惊呼一声"天眼"！他蓦然抬头，才见聿修单膝跪地，喷了半身鲜血，已是站不起来了。他身后韦悲吟大笑挥刀，朝着聿修背后砍来。此时人人无法抽身，眼见聿修无力抵抗，就要被韦悲吟一剖为二，"呼"的一声掠过，容隐抢入救人。韦悲吟本就意在声东击西，仰天大笑拖刀横扫。容隐双手搭在聿修腰上用力一带，将他送出韦悲吟刀风之外，然而刀光耀眼，就在他一带之间，一道血光从他腰间溅起，聿修脱口叫道："容隐！"江南羽和江南丰亦是同时大叫："白发！"

"啊——"人声喧哗之中依稀有人遥遥叹了口气，"可惜——"

"噗"的一声轻响，韦悲吟方在得意之中，突然腰侧一凉，继而一阵剧痛，他难以置信地转过头来，只见聿修笔直地站了起来，嘴角仍在溢血，自己腰侧半截断剑在夕阳之下暗淡至极——那两人竟是在布局！竟是在布局！韦悲吟骤然回头去看容隐，容隐胸口的旧患和新伤都在流血，却也站了起来，脸上仍旧没有什么表情。这两人未曾交谈过一字半句，竟然在刹那之间就能以身诱敌，重伤自己！容隐站了起来，聿修在远处长长吸了口气，淡淡地道："你忘了我虽不带暗器，不使暗器，也不善暗器，但并非不会暗器。"

刚才聿修突然吐血跪下，韦悲吟瞧出便宜，挥刀砍去，容隐舍身救人，将聿修掷往地上留有断刃之处，聿修在韦悲吟刀伤容隐之时以断刃射出，重伤韦悲吟！从一开始就是在诱敌，可怕的是两人二次诱敌，否则焉能让韦悲吟这种老江湖相信是破绽？没有交谈过一个字，连眼神也未交换过一个，这两人竟能默契到这种地步！

似乎连奉日神军都为之震了震，焦士桥脸色一变，对杨桂华低声说了几句话，杨桂华微微变了脸色，转头看了容隐一眼。

容隐看在眼中，心知是焦士桥下令杀人，淡淡看了焦士桥一眼，振了振血淋淋的衣裳。

杨桂华持剑而来，缓缓站在容隐面前，脸上似有歉意，拱了拱手："得罪了。"

聿修慢慢走了过来，走得有些摇晃，他和容隐背靠背而立，面对着重伤的韦悲吟。

两人一样修长挺拔，一样安静沉默，一样满身浴血，在一言不发的沉默中，江南丰几人却感受到了一种无声的悲壮。

悲壮、惨烈、残酷、牺牲和死亡。

就在这时，有人说了一句："青龙奉日，白虎为神，统统给我住手！"

一阵微风掠过。

夏夜的微风本就是这么舒适而温柔。

奉日神军的剑光突然停了，纪律严明的剑士犹如中了魔咒一般静止，而后竟起了一阵轻微的喧哗，有些人议论了两句什么，随即停止。江南山庄众人连忙退后，站成一处，人人大汗淋漓，几欲虚脱，不住喘息。

容隐和聿修没有回头，他们仍旧目不转睛地看着自己的对手，眼睛却都是微微一亮。

有个人说了那么一句不知所谓的话，场上的气氛却骤然不同了，悲壮烟消云散，兴起的竟是一股平安，和欣喜。

一种依稀期待了很久的欣喜。

一个人从原本是江南山庄大门口的地方大步走了进来，那种步伐奉日神军很熟悉，这个人很少施展轻功，步伐之间带着一种二十多年来习惯的威势和尊贵，和旁人完全不同。

赵上玄，是赵上玄，当然是赵上玄！

焦士桥的表情似乎是有些惊讶，像上玄出现在这里大出他意料："你——"

上玄步伐并不快，遥遥站在奉日神军包围圈的边缘，持剑士兵就分立他左右两侧，那些不知是否该举起还是放下的带血长剑似乎刹那成了维护他尊严的仪仗。上玄一步步走来，杨桂华那样镇静的人也仿若起了一丝不安。

"容隐，你错了。"上玄淡淡地道，"原来我该想的不是有人要杀杨桂华我是不是要救他，而是他要杀你的时候，我到底杀不杀他。"

焦士桥和杨桂华相视一眼，只见焦士桥轻咳一声，人突然隐入人群之中，杨桂华低下头来，不看上玄。此时此刻，纵然他们明知上玄是乐王爷，却也万万不能相认。江湖恶徒或者王爷，上玄只能为其一，既然此时他们的身份并非皇宫侍卫而是白堡弟子，那上玄就只能是杀人恶魔，绝非乐王爷。

但他们可以闭目不见，奉日神军却不能将上玄当作敌人。认出这位昔日主帅，虽然众位剑士缄默不言，却也失了杀气，只静静环绕一周，看着上玄和容隐、聿修几人。

"你是不是很奇怪，为什么我居然没有死在白南珠手上？"上玄看着隐入人群的焦士桥，冷笑道，"翊卫官，听说你很善用人，但不知像白南珠这种莫名其妙、千变万化的疯子，你也敢用、敢信任，果然了不起。"

焦士桥避入人群之中，就不再说话，只是微笑。已经站出来的杨桂华却不能就此回去，只能再度抬起头来拔剑。"容……白大侠，看来今日之事，就在你我手中了结了。"他微笑道，"白堡弟子不愿赶尽杀绝，你我之战，若是我胜了，江南山庄便俯首称臣，之后我等全力对付赵上玄便是了；若是你胜了，白堡就认输退走，自认无能，白堡主之仇那也不用报了。"

"你倒很会落井下石。"上玄冷冷地道，"你明知——"他没说下去，因为容隐已微微抬了手，淡淡地道了一句："请。"

你明知容隐旧伤未愈，又添新伤，此时说出一战决胜负之言，不是落井下石，那是什么？众人心里都感愤怒，但好不容易那"白堡门下"未再攻击，人人戒备，也并无什么更好更公平的办法。

"当"的一声杨桂华长剑出鞘，华山剑法中规中矩地施展开来。容隐心知焦士桥在旁，杨桂华出手必然不能容情，"嘿"了一声，也挺身迎上，动起手来。

正在此时，"嗖"的一声弦响，一支利箭乍然出现，直射人群中的江南丰。江南丰早已力竭，精力又已集中到容隐身上，骤然听到弦声，反应却慢了一拍；这一慢本是致命之事，但只听"啪"的一声响，一个白影自众人头顶跃过，身姿矫健潇洒，落下地来扬箭一笑，却是白南珠。

江南丰一惊之后，箭已在白南珠手中，顿时拱手道："救命之恩，江某定当涌泉以报。"

上玄闻言，古怪地看了江南丰一眼，又凝神去看容隐的战局。白南珠手接利箭，对着坐在筵席正中的白晓尘微微一笑。白晓尘气得双眼通红，白南珠却温文尔雅，反而对江南山庄众人都点头微笑，打了个招呼。

"南珠剑"果然是侠义心肠，这一记暗箭来得无影无踪，如无第一流身法眼力，就是如江南羽近在咫尺也接不到。江南山庄众人抱头哭泣，自横祸飞来，直到如今白南珠接下致命一箭，大家才知道开始哭泣。

只有在希望得到怜悯的时候，人才会哭泣吧？这个时候有人放声大哭，是因为白南珠给了人们生存的希望，而这种安全的感觉，居然不是上玄带来的。

白南珠是个恶魔。

"当"的一声，那边杨桂华长剑落地，容隐淡淡地道："承让了。"他胸口和腰间两处伤口出血甚多，他的眼神也很疲倦，但仍旧站得笔直，纹丝不动。杨桂华脸上有惊讶之色，拾起长剑："杨某输得心服口服，白堡之事，就此作罢。"

这一次，到底容隐是真的赢还是假的赢？杨桂华是真的输还是假的输？上玄仍然没有看出来。心思深沉的人的世界，他果然难以理解，究竟要怎样看人，看人的哪里，才能看清那人究竟在想些什么呢？就像配天……一路上，他几次三番想和配天说些什么，但他既不知道要说些什么，也不知道希望配天说些什么，终究一路上，只是沉默。

"既然如此，江盟主'得道多助'，我等万万不及，我爹的死仇，等白堡也有道多助之时再来。"白晓尘眼见焦士桥躲了起来，韦悲吟手按伤口站在一边一声不响，心里有了几分退意，恨恨地道。

"白晓尘。"白南珠扬了扬手里的利箭，"此箭上有白堡烙印，就算赵上玄杀你亲爹，你下令暗杀江盟主，是不是也太过分了一些？"

"胡说！那箭并非我白堡之箭，我亲自挑选，绝无可能有白堡烙印……"白晓尘反驳，突而发现中了白南珠的圈套，顿时脸色狼狈，住口不言，幸好他要杀江南丰本就昭然若揭，倒也不必过于惊惶。

"哦？"白南珠轻声吊了声调子，突然对他笑了一下，"其实今日之事，既然已经走到这一步，你我就不必再装了吧？晓尘堂哥。"

晓尘堂哥？江南山庄中人大吃一惊，难道"南珠剑"白南珠和白堡竟然有亲？什么叫作"今日之事既然已经走到这一步，你我就不必再装了"？

"江盟主，承蒙你一直都很看得起我。"白南珠明珠般的眼睛带点笑意，环视着这个数百人的黑夜，那视线从一个个人脸上扫过。他信步走到了上玄身后，"啪"的一声轻推了他一把，微笑道："其实这个'杀人如麻的江湖恶徒'姓赵，名上玄，乃当今圣上的侄孙，大家也可称他乐王爷。"

此言一出，江南丰脸色一变，铜头陀和清和道长也是大出意料，江南山庄众人面面相觑，一时竟难以接受一个人从杀人恶魔变成王爷，张口结舌不知从何说起。白晓尘脸色大变："你——你疯了吗？"

杨桂华和焦士桥互看了一眼，悄然隐入人群，脸上均有惊讶之意。

上玄也是吃了一惊，容隐和聿修却镇静如常，仿佛都在意料之中。而在不远的地方，横倒的花木之间，有个人站着，目不转睛地看着白南珠，一直静静地听他说话。只听白南珠带着那点清丽的微笑继续说了下去："乐王爷家世显赫，自然不会贪图'胡笳十三拍'身上那点钱财，杀死'胡笳十三拍'的凶手自然不是赵上玄。那为何'胡笳十三拍'死了？为何人人都以为是赵上玄所为？江大侠贵为武林盟主，既然相信赵上玄并非凶手，可有想过这其中的缘故？"

"这是因为凶手武功高强，上玄又恰好出现在密县，世上能杀'胡笳十三拍'的人并不多。"江南丰道。

"不错。"白南珠悠悠地道，"但其实你该问的不是上玄为何出现在密县，而是'胡笳十三拍'为何死在密县。"他勾起嘴角，似笑非笑地看着江南丰，"不是吗？上玄行踪并非他人所能控制，但一个邀约就能让'胡笳十八拍'到任何地方。"

江南丰一凛："正是！"

那是谁发出致命邀请，把云游江湖甚少与人有过节的"胡笳十八拍"请到密县，杀害了其中十三人？

"'胡笳十八拍'出身各门各派，性情潇洒，从不与人结怨，朋友遍及天下。"白南珠笑道，"这样的人若是死了，激起的波涛一定很大，要为他们报仇的人一定很多，这就是他们为什么会死了。"他瞟了白晓尘一眼，嘴角微微一扬，"各位必定很疑惑，为何赵上玄贵为王爷，却流落江湖，落魄潦倒？其实朝廷素来尔虞我诈，乐王爷虽贵为皇亲国戚，在当今皇上眼中，却是叛臣之后，是他很想杀却又没有借口杀的人。皇上为这个问题困扰了很久，之后他受人提醒，突然想通，流落江湖的王爷，自然能以江湖除之，所以——"

"所以什么？"江南羽忍不住问。

"所以'胡笳十三拍'就死了，死在密县。"白南珠微笑道，"你懂了吗？"

江南羽茫然摇头，没有听懂。

"所以有人杀死'胡笳十三拍'，嫁祸上玄，希望利用江湖复仇之力，将赵上玄一举除之。"白南珠悠悠地道，"这其中想必你们还有一个问题，为何凶手知道上玄途经密县，而将'胡笳十三拍'约到那里杀死？"

江南丰等人凝神静听，连上玄都忍不住把目光转向白南珠，世上怎有人知晓他要去密县看桃？白南珠怎能知道？

"这就要说到一个女子了。"白南珠连眼睛也不眨一下，"她姓容，乃堂堂江湖大侠'白发'的妹子，又是乐王爷的妻子，深爱赵上玄。几年前两人因故分手，这位赵夫人却始终深爱丈夫，数年之间，常常悄悄打听上玄的行踪。上玄喜欢贡品冬桃，她便在冬桃盛开之时搬到密县居住，或许是盼望着能暗中看他一眼。只是她从冬等到夏，冬桃都已落尽，上玄人是来了，却并非为了看冬桃，而是春桃。"他嘴里说着那位"赵夫人"，似乎云淡风轻竟与他没有半点关系，上玄越听越惊，越听越怒，斜眼看容隐、聿修，却见那两人沉着得很，竟然至今没有变半点脸色。

那站在花树影里的影子微微一颤，似乎白南珠这几句话给了她极大震动，本来笔直的身子在风中略显摇晃。

"但不管是不是偶然，毕竟他还是来了，所以'胡笳十三拍'就莫名其妙地死了。随后江南山庄追查凶手，发现凶手怀有'玉骨'或'衮雪'之功，如此只消略为挑拨，让上玄露出'衮雪神功'，自然天下都认定他是杀人凶手。"白南珠微笑道，"这出戏码，原本只到江南山庄率领武林豪杰杀死恶贼赵上玄，为'胡笳十三拍'报仇，也就可以了。"

"但是上玄却没有死在密县桃林之中，这是为什么？"容隐突然淡淡地问，"你可以答我吗？"

白南珠轻轻一笑，突然挑眼看了容隐一眼："但是赵上玄杀出重围，伤而不死，让人失望得很，尤其是江南羽江少侠分明截到杀人恶魔，却放走了他，居然相信他没有杀人，更糟糕的是白一钵居然在这场猎杀中死了，结果——"他别过眼去看白晓尘，"白堡一阵内讧，好不容易白晓尘悄悄杀了几位兄弟坐上堡主之位，他却又发愁白堡堡主不算个腕儿，不如什么少林方丈武当掌门来得好听。就在这时，有人告诉他，愿帮他夺得武林盟主之位，只要他日后听话，只要如此如此，这般这般，武林盟主必是白家晓尘大侠的，所以新白堡主也就热血沸腾，开始盘算一些他原本想也不敢想的事。而要做武林盟主，其中最重要的，当然是杀江南丰江大侠您了。"他眉目含笑，气质温雅，继续道，"但江南丰素来名誉甚好，朋友众多，要杀江南丰不是问题，只是需要借口。幸好前不久江大侠居然犯了一个千载难逢的错误，竟然放走那条破网之鱼赵上玄，竟然也相信他并非杀人凶手，幸好白堡老堡主死在密县之战，所以新堡主带人上门贺寿，要杀老武林盟主，自己想当新的。"

话说到这里，废墟上一片沉默。夜已逐渐深沉，人人身上奋战后留下的血汗渐渐冰冷，贴在身上，竟有一股刻骨铭心的寒意。白南珠抬起头来望了星空一眼，笑了一下，在特别寂静的时候只听见他一个人的声音，温柔、悠扬、动听。"大家或者又有疑问，江湖名门众多，想做武林盟主的不知有多少，为何这幕后黑手就选中了白堡？其实也有几个算不上理由的理由，

第一，那幕后黑手并非江湖中人，他不知道江湖中白堡地位如何；第二，那是因为……"他沉吟了一下，忽而展颜一笑，"因为那杀人真凶。"

"那杀人凶手究竟是谁？"江南羽忍不住问。

白南珠"扑哧"一笑，很是惊讶地看着江南羽，像看个西瓜般把他从头到尾看了好几遍，半晌才道："我说了这半日，你还不知道那杀人凶手究竟是谁？"

江南羽一呆，江南丰心中有个隐隐约约可怕的猜想，突然问道："不知白少侠怎会知道这个中机密……"

"那自是因为，我从始至终都在这件事里。"白南珠柔声道，"那杀人放火无恶不作的真凶，便是我了。"

此言一出，原本寂静异常的废墟之上刹那间竟连半点声音都没有，并未有人哗然或者议论纷纷，人人茫然地看着白南珠，似乎无人理解，他方才说了什么。

上玄口齿一动，似乎想要问句什么，容隐移了一步站在他身边，一手搭在他肩上，他顿时闭嘴。

"赵上玄数年前便流落江湖，皇上要杀侄孙的打算，在多年前就有，只是一直找不到乐王爷的踪迹。焦士桥焦大人为皇上分忧，挑选除掉乐王爷的高手，而这被选中杀赵上玄的高手，便是区区在下了。"白南珠环顾了众人一眼，"要杀赵上玄，第一，需有高手；第二，需找到乐王爷其人。乐王爷武功高强，焦大人几次命人暗杀都未有结果，唯有聚众之力，方有可能一举除之。"

上玄冷冷地听着，这些事有些他或有感觉，但大部分他闻所未闻，从不知道。从白南珠口中听来，确有些惊心动魄。但他更想知道的，是为什么白南珠并未动手杀人，却突然将这些不该说之事信口说出。他既然身为杀手，难道不怕焦士桥及太宗怪罪于他，杀人灭口吗？但转念一想，白南珠武功已是天下无敌，又复命不长久，他有什么可怕的？正在他心思烦乱，想不出个所以然之时，突见一人慢慢走近，站在他身边，呆呆地看着白南珠。

配天……

上玄慢慢伸过手去，搭在了容配天身上，握紧了她的肩。换了平日，她必定立刻推开，怒颜相向，但此时她恍若未觉，仍呆呆地看着白南珠。上玄心里兴起一丝奇异的惶恐，她为什么看着他……她为什么变色？难道是……难道是因为白南珠刚才说了"赵夫人"三个字吗？难道是因为白南珠方才所说，其实对她无情，只不过为了寻找他的行踪，所以才陪伴她身边，等候机会——因为那些从不怀疑的柔情蜜意原来从不存在，所以她……伤心了吗？

为什么她要为白南珠并不爱她伤心？

难道她——

上玄牢牢握住容配天的肩，指掌之下，竟是一片刻骨冰凉，他分不清楚，冰凉的究竟是她的肩，还是自己的掌心。

大家都静静地听着，听着白南珠继续说下去。

"因为乐王爷流落江湖之后行事低调至极，轻易不显露武功，寻找乐王爷踪迹之事，非常困难。"白南珠含笑道，"有谁能找到他的行踪？有谁最清楚他可能去哪里？无非就是赵夫人容配天。我和赵夫人一起在密县等候半年有余，赵上玄果然来看桃花。在他到达密县的第二天，我便写下请帖，邀请'胡笳十八拍'到密县一聚，随后杀了几人。"

他这般悠然述说，江南丰越听越惊："你……你……"白南珠既然处心积虑，行事如此隐秘，杀人之事又早已嫁祸于赵上玄，为何今日他要在这里说出来，究竟还有什么阴谋？

"而后，在冬桃客栈赵上玄显露'衮雪神功'，那'胡笳十八拍'几人之死，自然就要算到赵上玄头上。"白南珠道，"再后来果然江南山庄聚众追杀赵上玄，一切都和计算不差分毫，只可惜乐王爷毕竟是乐王爷，武功之高出乎意料，导致桃林中破围而去，不在我计划之中。"

说到此处，上玄却越来越疑惑，要说白南珠当真有意杀他，只怕他已死了百次不止，只消他不以身养毒，上玄便早已死了，何须如此麻烦？何况当日桃林破围，与其说是他武功了得，不如说是伏兵并无什么高手。容隐目中乍然掠过一丝亮光，淡淡看了白南珠一眼，白南珠一笑以对，又道："桃林之中，无法杀得乐王爷，机会失去，再不可能重来，只能待日后再说。皇上还有一件大计比杀乐王爷更为重要，那就是武林盟主。"他白衫飘飘，负手望着满天星光，"皇上有意收复武林，为朝廷附庸。焦大人问我何家何派合适取江南山庄而代之，我父生前为白一钵亲弟，我虽非白堡之人，却有三分香火情，于是向焦大人推荐白堡，如此——江大侠、江公子明白了吗？"他嘴边兴起了三分嘲笑之色，"江大侠向来对白某不薄，我却让你失望了。"

原来……今日之事，竟有这许多因由。江南丰瞳目结舌地看着白南珠，半晌道："既是如此，你……你为何和盘托出？这些事大白天下，对你并无任何好处啊。"

"上玄未死，我便说武林盟主之事绝无可能成功。"白南珠轻轻一笑，"晓尘堂哥不信我之言，定要前来尝试，我也管不着他，何况韦悲吟也在其中，说不定还有希望。事虽然不成，但在'白发''天眼'眼中，我和白堡之事多半已是了如指掌，既是如此，不如我一一说明来得潇洒，也省得各位糊涂。"他环视一周，目光落在焦士桥脸上，"赵上玄确是冤枉，从密县桃林'胡笳十三拍'到丐帮章病、冬桃客栈店小二、千卉坊满门、何家，都是我杀的。"

他说到"都是我杀的"，其言凿凿，其声铮铮然，竟似十分自负，衣袖一飘，他的目光自星空上收回："哪位意欲复仇，有胆不妨上来，白南珠不惧任何人寻仇。"

为何杀人如麻，沦为朝廷杀手的人，仍有如此清烈的根骨，如此挺拔的背……容配天往前走了一步，脱离了上玄的手掌，她根本从未感受到曾被握住了肩头，眼泪夺眶而出——她不爱他！她一点也不爱他！她根本没有想过要爱这个人！但是……但是突然听到他其实根本从未爱过她，为什么竟会如此伤心呢？就像原本不曾想象过会有疑问的事突然崩塌，就像……每天都在喝的水突然变成了毒，就像每天都在走的路，却被人说那条路从未存在过，如果连这件事都是假的，那有什么可能是真的？

白南珠侃侃而谈，一直没有看一步步走近的容配天，突然之间，他脸上掠过一丝诧异之色，目光乍然转过来怔怔地看着容配天的脸。

一滴眼泪，从她脸上滑落，掉在了地上。

上玄的手臂依然伸直，那张开五指要去抓她肩膀的姿势仍在，只是五指之间空空如也，什么也未曾抓住。

看着他转过头来，终于看了她一眼，她不知道，自己的眼中有多少期待，更多的眼泪流下，说不清是因为失落或是因为激动。但在她以为会发生许多的刹那，白南珠眼里什么也没有，他立刻转过头去，不再看她。

她呆呆地站在那里，一瞬间，思绪都是空白，什么也未曾想到，甚至连伤心和委屈都没有了……只是一片空白。

你……原来你……你……上玄呆呆地站在容配天身后，在她以为会发生什么而什么都没有发生的刹那，他清清楚楚地看见发生了很多很多。

"白少侠。"听完白南珠好一番长篇大论，容隐静了一会儿，缓缓地道，"你杀人太多，纵有千般理由，也免不了一死。"

此言一出，众人都感奇怪，容隐几乎从未称人"少侠"，他最多只称呼别人"公子"，多半直呼其名，此时居然称呼一个倒行逆施杀人放火还妄图染指武林盟主之位的恶贼为"少侠"。只听白南珠一叹而笑，却不说话，反倒是聿修口齿微动，似乎想说什么，终还是没说。

江南丰此时终是如梦初醒，开口说了句话："既然事实如此，那么勿怪我江某明日发帖传令，召开武林大会，将白……白少……白南珠之事昭告天下，以还赵上玄清白。"

白南珠含笑接受，怡然不惧。

容配天呆呆地看着他，上玄呆呆地看着容配天的背影。在众人形形色色诧异惊奇的表情之中，只有这两人的表情和别人全然不同，就似赵上玄究竟是否杀人凶手，白南珠是否居心叵测，和他们二人全然无关。

# 第九章

恩情

在白南珠侃侃而谈之时，焦士桥和杨桂华避入人群，很快悄悄离去，待到白南珠说完，两人已不见踪影，而韦悲吟重伤之后，缓步离去，他犹有余威，也无人胆敢阻拦。奉日神军群龙无首，都听从上玄指挥。大半天之后江南丰以烟花流弹、风筝、信鸽等物召唤的同道朋友——赶来，江南山庄废墟之中聚集了不少江湖大儒，商议处理白南珠之事。而白南珠站在人群之中，始终抬头看天，自刚才说完，他一言不发，也不逃走，就似打算束手就擒。

上玄慢慢走到了白南珠面前，他的右手拖着容配天。

她被他拖得一步一踉跄，满脸无声的泪，失魂落魄地站在白南珠面前。

"容隐曾经问过我，如果白南珠对我有恩，如果有人要杀他，我救不救。"上玄方才和容配天一样失魂落魄，此时双眼虽然无神，但说起话来，还算有条有理。

白南珠把目光自星空上收回，轻轻一笑："哦？算来我救过你的命，你救不救我？"

"我说——当然不救。"上玄一字一字地道，"像你这种人，死有余辜，除了死有余辜，还是死有余辜……"

白南珠含笑以对，只看赵上玄，半眼不瞧容配天。

"那时候——容隐问我这句话的时候，我不懂他是什么意思——"上玄仍旧一字一字地道，咬牙切齿，目眦欲裂，"现在我懂了！"

"哦？"白南珠仍旧含笑，"也是，方才我说得清清楚楚明明白白，你若不懂，岂非浪费我许多唇舌……"

"放屁！"上玄突然厉声骂了一句粗话，识得他的人悉数一怔——上玄一生至今，几乎从未说过这种粗俗语言，只见他将容配天硬生生拉到白南珠眼前，"我不管你到底在搞什么鬼，你到底还爱不爱她？还爱不爱她？到底是从来没有爱过，还是一直爱到现在？"

她听着上玄暴跳如雷的声音，本就在流泪，突然强烈抽了一口气，抽泣起来。此时她的眼睛仍旧充满企盼和绝望，那两种相反的情绪流转在她眼中，她再没有半分容隐那样的冷漠和孤高，全身颤抖。她只是一个女人，只是一个……像模仿大人而始终不能成功的女孩，她从未像此刻这样清楚地发现自己一直不懂事……一直……都不懂事。

她是连自己想做什么样的人、想要什么样的人，都搞不清楚的……傻瓜。

"我当然不爱她。"白南珠微笑道，"她是你的妻子，别人的妻子，我自是不爱。"他深吸一口气，叹道，"我若是爱她，怎会这么多年从不碰她？"

她眼中的企盼消失了，剩下绝望，很快绝望也消失了，剩下茫然。

上玄破口大骂："你说我不懂怎样爱一个女人，你叫我对她温柔点不要让她伤心，但是你呢？你怎能骗她？你怎能骗她说你不爱她？"他一把抓住白南珠胸口的衣襟，"你能骗尽天下人，但你怎能骗她说你不爱她让她伤心？你——你这个——疯子！白痴！妖怪！"

白南珠皱起了眉头，轻声道："我哪有……"突然一滴眼泪从他眼里掉了出来，他的声音在那三个字之后就哽咽了，也就在这刹那之间，人人都瞧见了他的眼泪，皆诧异震惊——这等凶徒居然也会哭？却又是为了什么事？

"你是爱她的，是吗？"上玄轻声说，"因为你爱她，所以走到今天这一步，是吗？"

白南珠泪眼模糊地看着上玄的眼睛，仍旧含笑，他已说不出话来，却仍摇了摇头。

"你方才所说的那些故事，究竟有哪几句是真的，哪几句是假的？"上玄也仍旧轻声问道，"我虽然不是什么聪明人，但是至少我听得出你编的故事里有一个破绽，你要不要听？"

白南珠举袖拭去眼泪，他举止仍旧优雅，深吸一口气，维持住语调，微笑道："什么破绽？"

"就是你救了江南丰。"上玄森然道，"以你方才所说，今夜既然是来杀人夺取武林盟主之位，只消江南丰死了，江南山庄自然土崩瓦解，如你真是和白晓尘、韦悲吟一起前来杀人夺位，你为何要救江南丰？"他一字一字地道，"可见你刚才所说不尽不实，真实的事少，骗人的事多！"

此言一出，众人哗然，的确——如果白南珠确如他自己所说，是个杀人不眨眼的恶徒，他为何要救江南丰？他若不救江南丰，今夜形势便大不相同。

"我来替你说——替你说你的所作所为，究竟是怎么一回事。"上玄双目大睁，牢牢盯着白南珠，"你从一开始参与杀我之计，乃至夺武林盟主之事，就是别有用心，对不对？"

白南珠不答。

"因为你是江湖侠客——真正的江湖侠客，所以你加入暗杀夺位之事，根本是为了阻止朝廷操纵武林，杜绝官府势力往江湖渗透，所以你才化身杀手，才佯装替皇上杀人，是不是？"上玄大声道，"但是你自觉武功不够高，所以修习'秋水为神玉为骨'，不料被韦悲吟所擒，几乎丧命，那时……那时配天救了你，而你不得已练习'往生谱'，只为在那时救她一命，对不对？"

白南珠仍是不答。

容配天突然缓缓眨了眨眼睛，无神的眼睛慢慢地转到了白南珠脸上。

"但是'往生谱'祸害至深，不知不觉你的性情被'往生谱'改变，变得和'白南珠'全然不同，时常有杀人的念头。在密县桃林杀死'胡笳十三拍'虽然是焦士桥的预谋，但你本没有打算真的杀人，是不是？"上玄厉声道，"是当时'往生谱'令你失去理智，所以才会有那般疯狂的杀人之法，才会以一条腰带勒死十三人，是不是？"

容配天全身大震，陡然睁大眼睛牢牢盯着白南珠，那原本一片茫然的眼眸中突然涌现无限希望。白南珠苍白的脸颊上忽然泛起一阵激动的红晕，随即淡去，他轻轻一笑："不管是与不是，人都真的死了，都是我杀的。"

"你虽然失手杀死无辜，但神志不乱，反而更取信于焦士桥，"上玄深吸一口气，"从此他对你深信不疑，所以在桃林围剿我那一战中，他让你指挥，深信你一定能杀我。但你——但你——"他一字一字地道，"你却召来一堆乌合之众，所以我破围而去，毫不稀奇。你看我没有杀人，为防露出破绽，就在我离去以后杀人嫁祸于我——也因为你……因为你深爱配天，希望能借江湖追杀之事、借'胡笳十三拍'之死，逼我回到配天身边。你要将我逼上绝路，而后用生路和我交换，交换的目的是配天的将来，交换的东西是你的命！"

容配天的眼神从希望转为凄然，其中有太多太多的复杂感情，犹如成茧之丝，剪不断、理不清，处处纠缠成了死结。

白南珠微微侧过头，有几丝乌黑的散发飘在了他右边白皙如玉的脸颊旁，他仍是轻声道："不管是与不是，人都真的死了，都是我杀的。"

上玄充耳不闻:"你杀章病、店小二,都是你杀'胡笳十三拍'之后为取信焦士桥所为,也是'往生谱'令你杀人不眨眼。后来你得知我误中桃花蝴蝶之毒,杀千卉坊满门夺雪玉碧桃,杀何氏满门夺何氏蜜,最后在你自己身上养毒,都是为了配天。因为你不希望她伤心,所以你不让我死。"他的语气充满愤怒,"你既然如此爱她,愿为她练'往生谱'妖法,愿为她杀人,愿为她救我,又怎能说你不爱她?白南珠你怎能骗她说你不爱她?"

白南珠喃喃地道:"她……她不需在意我究竟是否……"

上玄蓦地抓住他的胸口将他提了起来:"疯子!她爱你啊!她爱的是你,你怎能骗她说你不爱她?你怎能骗她说你不爱她?"

白南珠突然"哇"的一口血喷了出来,众人一呆,他并未受伤啊!清和道长一看便知,是突然之间气急攻心,并不要紧,便摇头低叹道:"冤孽、冤孽!"

只听白南珠轻轻一笑,拭了拭嘴角的血,血色乌黑,令人观之生畏:"胡说八道,她爱你十几年,自然不会爱我。"

"你根本就是个有眼无珠的大傻瓜!"上玄冷冷地道,"我是不懂情爱的笨蛋,你是更不懂情爱的白痴!她……她……被你我所爱……被你我这等人所爱,自然……不会幸福。"

白南珠悠悠叹了口气,喃喃地道:"或许当真你也不懂,我也不懂……"

"除了要逼我回到配天身边,你仍然没有忘记你当初甘为杀手的目的。"上玄冷冷地道,"你向皇上推荐使用白堡取代江南山庄成为武林盟主,皇上却不知白堡根本就是个扶不起的阿斗。比之江湖中众多门派,白堡武功不高又有内乱,且白一钵已被你所杀，可说实力最弱。焦士桥让韦悲吟这恶贼和白堡一起来贺寿杀人，而命令你跟随在我身边，借机将我除去。他虽然信任你，却没有告诉你攻打江南山庄的时间，防你泄露，以保今夜之事万无一失。但你以身养毒救我一命，赶到此地再救江南丰一命。虽然焦士桥攻打江南山庄没有使用白堡子弟，使用奉日神军出乎你的意料，但今夜焦士桥本不可能得胜，选择白堡作为借口攻打江南山庄，本就是致命之伤。即使焦士桥今夜血战得胜，白堡也绝不可能成为新武林盟主，它根本就是江湖三流门派。"

众人都以惊奇而又怜悯的眼光看着白南珠，这个人究竟是个恶魔，还是个甘愿身入地狱的佛祖？江南丰方才被他所救，听上玄句句说来，心中感受又与他人不同。"你……你……白南……白少……"他顿了顿，终于道，"白少侠，你既有如此苦衷，既然本是善意，为江湖做一大事，立不世奇功，为何要诬陷自己，不肯说出？"

白南珠幽幽地把一句话又说了一次，这一次，众人方听得浑身血液都冷了下去，一股寒意自心中生出，不知如何是好。他说的是："不管是与不是，人都真的死了，都是我杀的。"

无论是为了什么样的理由，在他手下，的确有着数十条冤魂、数十条枉死的人命！

他究竟是有功，还是有罪？

深夜之中，众人面面相觑，只看见迷惑和惨淡，在彼此的眼中熠熠闪烁。

"你杀人太多，纵有千般理由，也免不了一死。"在上玄一番狂吼之后，容隐手按腰际的新伤，语气淡淡的仍是那句话，"你有恩于江湖，但就算有倾城之功，杀人仍是要抵命的，你也很清楚，不是吗？"

"杀人自是要抵命，"白南珠淡淡地道，"我也从未想过能赎罪。"

容隐、聿修的眼眸都炯炯看着白南珠，白南珠仍旧脊背挺直，铮铮然立于月下。江南丰叹息了一声，"纵然我等不杀白少侠，白少侠杀人盈野，结仇遍于天下，而能体谅少侠一片苦心之人，只怕不多……"

"那有谁杀得了白南珠，白南珠引颈待戮便是。"白南珠淡淡一笑。

"且慢！"

人群原本寂静无声，突然有人低低开口说了句话："你死了，我跟着你死了便是。"

容隐脸色微微一变，众人大吃一惊，就在此时，又有人冷冷地道："你活着我陪着你，你死了我也陪着你。"先开口的人是容配天，她是对着白南珠说的那句话，后接话的人是赵上玄，他自是对着容配天说的这句话。

众人心下骇然，面面相觑，心里都道棘手。白南珠也显得很吃惊，怔怔地看着容配天，双目显得很迷惑，非常迷惑。

若有人要杀白南珠，容配天要殉情，赵上玄也要殉情，就等于一死三命。白南珠这条命如此沉重，有谁杀得了他？但他若不死，又何以向被他所杀的那数十条无辜性命交代？难道杀人只消有些冠冕堂皇的理由，便可无罪？

这要如何是好？


六日之后。

很快，白南珠杀人之事传遍江湖，江湖哗然，议论纷纷。

江南山庄已经被毁，江南丰等人临时到萧家堡借住，聿修送容隐回梨花溪养伤，白南珠却依然留在那片废墟之上，一坐，便是六日之久。

容配天也没有走，六日之中，白南珠坐在废墟之上，她便默默坐在离他十步之处，不知在想些什么。上玄在废墟旁草草搭了一个棚子，夏日的阳光，有时候也并不如何让人感觉愉悦，这几日偶有下雨，他便打了伞站在配天身边，为她遮雨，一起看着坐在雨中的白南珠。

六日以来，他们谁也没有说话，也很少吃东西。白南珠从始至终什么也没吃，配天偶尔还吃一些上玄送来的水果或糕点。

他们都消瘦得很快。

第七日，天降大雨，轰然如龙吟鬼啸，倾盆而下。

不一会儿白南珠身上的白衣已经悉数湿透，勾勒出的身形瘦削得犹如骷髅，十分恐怖。容配天的嘴唇微微动了两下，突然站了起来，冒着大雨向他走去。七日以来，这是她第一次向白南珠走去，上玄没有动，油伞还握在他手中，很快狂风暴雨"咔嚓"击破那把油伞，如注的流水顺着伞柄而下，流经他的手指、手心，而后顺着手肘冰凉沁入袖中。

"我……"

白南珠的脸上一直带着微笑，此时慢慢抬头，看着踏在雨水中的一双鞋、拖满泥泞的裙摆、伸到眼前的手，还有那个全身湿透、发鬓滴水、几乎看不清眉目的女子，仍旧是那样温柔的声音："你什么？"

"我……好冷。"她说。

白南珠微笑着张开了双臂。

她怔怔地站在那对她敞开的怀抱前："你……还要我吗？"

她轻声问。

"只要你想要的，我都会给你。"他说。

"你为什么不会讨厌我？"她问，"其实我不了解你，会冤枉你，会害你，会恨你。"

"我不知道。"他说，"也许因为我这一生之中，只被人救过一次。"

她突然颤声道："你为何不说因为你爱我？"

他立刻道："因为我爱你。"

她无语，狂风暴雨之中，她想号啕大哭，想就在此刻死去。

"我以为……你不喜欢我说爱你。"白南珠柔声补了一句。

她像起死回生，又惊又喜，突然扑入他怀里，死死抱住他瘦削的胸膛："你……你……"她闭上眼睛，"你不是为了寻找上玄的下落，才和我在一起？"

"是。"他说。

"你骗我——你还有多少事在骗我？"她全身颤抖起来，大声道，"你告诉我你所有的事，你告诉我你究竟还有多少事瞒着我、骗了我？"

"我不骗你。"他轻声道，"和你在一起本是计划好的，本是为了寻找上玄。在太行山上我已跟踪你很久了，被韦悲吟所擒也是早有预谋，穿着女装本就是为了诱你出手救人。只是那时'玉骨功'的瓶颈突然到来，我动弹不得，韦悲吟却的的确确想把我拿去炼丹，你确实救了我。我和你在一起本是为了寻找上玄，但是我也爱你。"他柔声道，"我真的没有骗你。"

像他这样一个清秀温雅的男子轻声细语、温情款款地说他没有骗你的时候，真的很少有人能不信，但是这个如血地白花一般的男子已经骗过她很多次，杀过很多人。她抬起头看着他瘦削的下巴："只要你告诉我你还有些什么事瞒着我，我就信你……从来没骗过我。"

他抿嘴不说。

她深吸一口气，喃喃地说了一句话，他便开了口。

她说的是："反正……反正你已命不长久。"

他说："有件事，要在我死之前告诉你。"

她问："什么事？"

"有个华山派的小姑娘，叫萧遥女。"他突然说了件不相干的事，"有一件事……有件事……也许你知道了以后就会恨我。"

"什么事？"她眼睛也不眨一下，"现在……有些时候我也恨你。"

"桃花蝴蝶之毒是天下奇毒，以毒养毒，再取血解毒之法我已经试过，但你也发现，那并不能完全除去毒性。"白南珠柔声道，"世上能解桃花蝴蝶之毒的东西，仍然只有蒲草。你把世上的最后一颗蒲草给了华山崔子玉。"

她的脸色刹那苍白，似乎突然想起世上还有赵上玄此人，茫然往身后望了一眼。

倾盆大雨，天空乌云密布，电闪雷鸣之间，远山之前，那个人的身影如此缥缈，仿佛正被大雨分分冲淡，很快要失去痕迹。

"崔子玉不肯交出蒲草，我杀了华山派满门。我怕崔子玉用去了蒲草，把他们都杀了之后，让韦悲吟拿去炼药，这一颗药丸叫作人骨。"白南珠从怀里取出一颗灰白色的蜡丸，"其中含有蒲草药效，可解桃花蝴蝶之毒。"

她蓦然回头，震惊地看着白南珠。她知道他练了"往生谱"之后性情残忍，不把人命当回事，却不知道他竟然又做了这样灭人满门惨绝人寰的事！他……他当真是万劫不复，早已难以超生了！

"这一颗是货真价实的蒲草。"他手指一翻，指间夹着另一颗淡青色的蜡丸，"这是在崔子玉身上找到的，两颗解药都能解桃花蝴蝶之毒，但人骨与蒲草药性全然不同，人骨是毒药……"他似乎说得累了，闭上眼睛微微喘了口气，"你留着蒲草，人骨可以救上玄。"

她震惊的眼神很快恢复平静，垂下眼神："嗯。"

"有个华山派的小姑娘，叫萧遥女。"他轻声道，"小姑娘不解世事，一直当她的师门死在'鬼王母'手下。我教了她一些武功，让她在泰山等我，我死之后，你记得去泰山顶找她，华山一脉，剩下的也只有她了。"

"你记得要给华山留下一脉，当初为何要将他们赶尽杀绝？"她低声问。

"当时……当时我只是想要求药。"白南珠轻声道，"崔子玉激怒了我，后来等我清醒时，他们已全都死了。"他低下头，"被我杀了，这也……没什么好奇怪的。"

"无怪华山一脉，自那之后再无消息。"她喃喃地道，"除了灭华山一门，你又杀了哪些人？"

"没有啦。"他轻轻地道，语调很是温柔，"去年此时，我从不杀人，那些人都是今年杀的。"

大雨之中，其实什么都看不清楚，她仍目不转睛地看着他，抱紧双臂，慢慢把头依偎在他的肩头。"你……好冷。"她轻声道，"你好残忍、狠毒、自私、阴险、邪恶、卑鄙。"

他点了点头，微笑道："我承认。"

"你说你只是利用我的时候，我好伤心。"她仍轻声道，仿佛充耳不闻他在说什么，她只说她自己的，"我爱了上玄十几年，嫁给了他，但是……但是……"她缓缓摇了摇头，握紧了白南珠的手，"但是我们不会相爱，到最后搞得一团糟。"

他又点了点头，也仍在微笑："你们会好的，会变得恩爱，他答应过不再离开你，他也在学如何爱你。"

她仍在摇头："不……我已经不爱他了，我们已经不再相爱，现在……我爱你。"她突然深吸一口气，颤声道，"我们才是明媒正娶的夫妻，我嫁给他的时候，连一件红衣都没有……"她的声音哽住了，缓缓摇了摇头，"他不像你……他不像你……他如果有你一百份中的一份好，我……我……死也不会离开他。"

"他不是不好，只是不知道应该怎么好。"白南珠的语音越发温柔得如一根细悬的蛛丝，轻哈一口气便会断去一般，"决，我是将死之人了，非但如此，还是一个杀人如麻罪孽深重的恶人，你……不要再说了。"

"为什么你可以爱我、可以抱我、可以为我做任何事——却不许我爱你？"她陡然叫了起来，"你——你——可以做尽一切，我便不可以？"

"因为不值得。"白南珠柔声道，"因为我不值得你爱，至少你是一个好人，是个善良的好姑娘，而我……"他垂下视线，"而我是个……常常会杀人的……疯子。"

"我不怕罪孽深重。"她紧紧抱住他的胸膛，"我本就罪孽深重，今生今世，你必定不得好死，我……我和你一起不得好死。"

"那上玄呢？"他轻声问道，"他岂不是要和你我一起死？"他看着她，"你……忍心吗？"

她刹那间呆若木鸡，再次回头望着那雨中孤独的人影，那一眼之间，她只愿自己突然死去，或者永远不曾在这世上存在过。

上玄仍然站在那里，一把油伞已被风雨打得剩下伞骨，他仍牢牢握住，倾盆大雨顺着伞骨而下，他仍站在那里，一步也没有离开。

大雨哗哗，电闪雷鸣。

爱恨之事，从未距离生死如此之近，如此之近。

"阿弥陀佛。"大雨中有人遥遥宣着佛号，容配天蓦然回首，却是一名灰袍和尚，冒雨而来，衣袂尽湿，四十上下，相貌清隽，"孽障、孽障。"

白南珠轻轻一笑："大如方丈，别来无恙。"

容配天一惊——这位年纪轻轻的和尚，居然就是少林寺掌门，大如禅师？他不坐镇少林寺，怎么突然出现在这废墟之上？

大如方丈微笑而来，似乎也在一旁等候许久了，叹道："白施主当年向贫僧求取'秋水为神玉为骨'功法，言及为江湖卧底涉险，贫僧十分感动，故而赠予'玉骨功'。但也曾谈及'往生谱'之害，当时施主心澄神秀，铁骨铮铮，贫僧相信以施主之气节心性，绝不可能为'往生谱'所迷。但贫僧错了。"他走到白南珠身前，"白施主今日身受之苦，当真追究起来，贫僧责无旁贷，也有一份。"

"白南珠心性不定，杀人如麻，和方丈毫无关系。"白南珠也微笑道，"方丈不必自责。"

"施主非我佛门中人，自然多受贪、嗔、痴之苦。"大如方丈缓缓地道，"'往生谱'本是害人之物，施主能坚忍多年，至今神志不失，已是难得。"他叹息了一声，"前日有三位客人大闹我少林寺，要我寺为赵施主证明其并非杀害'胡笳十三拍'的凶手，说真凶乃白施主。我才知当日赠书之事，毕竟是铸下大错，擅传禁功害人至深，我已辞去少林寺掌门一职，如今挂为罗汉堂下一名散人。"

"那三名客人，如今如何了？"大雨之中传来上玄的声音，那声音喑哑至极，雨声中犹显得苍凉。

"已于日前离去。"大如道，"我辞去掌门之职，一路行走，如遇有江湖门派，都曾细细讲明白施主当年决意卧底、以保江湖不为官府掌控之事，贫僧终此一生，都会为此事奔波。"

堂堂少林掌门，为当年一时不慎，竟愿付出如此代价，确令人尊敬。白南珠微笑道："方丈在说故事的时候，别忘了说明这位侠客是如何在一念之间，变成了杀人盈野的凶徒……咳咳……提醒江湖后辈千万莫对自己太有信心，人都是很脆弱、很容易变的。"他低咳了几声，大如禅师道："阿弥陀佛，贫僧今日寻来，有一种药物要赠予白施主，可抵制'往生谱'之害。"

容配天脱口问道："什么药物？"

大如禅师脸露慈祥微笑，自袖中取出一粒药丸："就是此物。"

白南珠淡淡掠了一眼那粒药丸，眉宇间神气很平和，不见多少惊喜感激，竟有一种温淡顺从："方丈费心了。"

那粒药丸从大如禅师手中递到白南珠手中，白南珠一抬手就欲吞下，容配天突地死死抓住他的手，正在此时，有人与她同声喝道："且慢！"

大如禅师一怔，白南珠亦停下手，上玄本定定站在十步之外，此时突然大步走了过来，用力夺下那粒药丸："且慢！老和尚，我有些话要问你。"大如禅师年纪不老，他却直呼"老和尚"。

"阿弥陀佛，施主请问。"大如禅师脸现惊讶之色，却仍镇定自若。

"身为少林寺方丈，你为何会有武林禁术'秋水为神玉为骨'的功法？"上玄胸膛起伏，"又为何会有什么抵制往生谱之害的药物？"

大如禅师又是一怔："这个……这是寺中自古传下的书籍……"

"'往生谱'本是叶先愁之物，他被屈指良所杀之后，'往生谱'中'衮雪''玉骨'两章都被屈指良带走，交入宫中。"上玄一字一字地道，"老和尚你若和皇宫没有些干系，怎会有'玉骨'？你要是和宫中有些干系，那有些事……有些事便大不相同！"

"怎会呢？"大如禅师微笑了，"有何处不同？"

"我本想不通，皇上怎会想出以江湖制江湖、以江湖杀我之计，以我对他二十几年的了解，他绝没有如此聪明。"上玄冷冷地道，"他的身边，必然有人出谋划策，意图操纵武林，臣服朝廷。这人究竟是谁？是什么样的人才有资格向他进言？我也非聪明之辈，本想不出来。"

白南珠淡淡一笑，容配天紧紧抓住他的手臂，出奇有力。

"但是今日此时，老和尚你露出了马脚。"上玄乍然厉声道，"你差遣'少林十七僧'追捕我赵上玄，本是为了杀人灭口！今日出现在此地赠予什么抵制'往生谱'的药物，一样是为了杀人灭口！你要杀我，是因为皇上要杀我！你要杀白南珠，是因为你选择了他作为杀人利器，他却从中作梗，让焦士桥选择了白堡作为新武林盟主人选，而把你少林寺视若无物！如今事情败露，白南珠要是不死，你怎能放心？他非死不可，所以你今日才来送药，送的是一颗要命之药，是与不是？"

大如禅师脸色微变："施主怎能凭空想象，以一面之词指责贫僧？施主所言，可有凭证？"

"凭证就在我手上。"上玄冷冷地道，举起了那颗药丸，"这颗药如果是灵丹，那我就是凭空想象，诬陷于你；这颗药要是毒药，那就是你意图杀人灭口的铁证！"

"阿弥陀佛，施主又怎知此药究竟是灵丹或是毒药？"

"那简单得很。"上玄一抬手将药丸吞入腹中，冷笑道，"我要是活着，老和尚你就是清清白白的；我要是死了，你就是幕后元凶，少林寺的败类！"

"上玄！"容配天一声大叫，脸色惨白，放开了紧紧抓住白南珠的手臂，冲上前两步，却不敢去碰他。白南珠骤然自地上站了起来："你……你……"他脸上难得露出惊容，此时却是震惊至极，"你做什么？快吐出来！"

"你明知道是毒药，刚才为什么还想吞下去？"上玄早已将药丸咽下，一把将白南珠和容配天推开，冷笑道，"你要死，我偏偏不给你死，你定要和我一样，背负几十条、几百条人命活下去！"

大如禅师立刻变了颜色，一挥衣袖就待离去，上玄反手擒拿，他何等力道，大如禅师迅速连变七八种招式，都未能摆脱上玄一拿，"啪"的一声被他牢牢扣在掌中。白南珠一声轻叹，衣袖一扬，如一阵清风掠过大如禅师之颈项，"喀啦"一声，这位年纪轻轻就登上武林无上高位的少林寺方丈，在当世两大高手的夹击之下，就此惊怒而逝，他对自己太自信了些。

"被你所杀的人之中，也就只有这个老和尚才是死得名正言顺，全然是活该！"上玄冷冷地道，他吞了毒药，脸色已逐渐变得有些青紫，却浑然不当一回事。

"咳咳……咳咳咳……"白南珠弯下腰咳嗽，他六日六夜未曾进食，身体已然十分虚弱，咳了一阵，轻轻道："前代少林掌门，曾在战乱中护卫一方，功业斐然，十分受人尊敬。大如是前代掌门关门弟子，年级虽轻，辈分却高，加之精修佛法，武功高强，所以四十有五便荣登方丈一位，本是少林百年来的罕事。只是相较前代的丰功伟业，大如平平无奇，反而武林人才辈出，江南山庄、祭血会、碧落宫、秉烛寺……风起云涌，少林暗淡无光，影响一日不如一日，因此他才会……咳咳……意图染指武林盟主……"

"出家人成日想着如何为少林争名逐利，难怪会落得这般下场。"上玄冷笑，"你明知老和尚就是要杀人灭口，为何还要吃药？"

"你明知那是毒药，为何吞了下去？"白南珠幽幽反问。

上玄一怔，别过头去，没有回答。他既不看白南珠，也不看容配天，此时毒气随血液流动，他的脸色已青紫得十分可怕。

"白南珠死有余辜，我早已说过，不管是谁，只要自忖杀得了白南珠，白南珠引颈待戮。"白南珠轻轻地道，"和你一样，我只不过不想活了而已。"他委实有些累了，大雨之中，缓缓仰面倒下，静静卧于泥水之中，白衣污泥，乌发流散，煞是清晰，却秀丽得有些可怕。

容配天看着大如的尸身，呆呆站在雨中，呆呆抬起头来，看着天空。

天空电闪雷鸣。

那些雷和电都离人很遥远。

天地之间的空隙，仿佛很大、很大。

他们两个……到最后，都想死。

她突然觉得很可笑，原来爱她爱到最后，是生不如死。

那她呢？

他们都说要死，那她呢？

"啪"的一声，第二个人摔落泥浆之中，横倒于白南珠身上，灰衣长袍，与白色截然不同。

白南珠睁着眼睛，仰卧于地。

上玄扑倒他身上，俯身向下。

不知是谁的血混合到了泥浆之中，比泥浆更黑，在闪电的映照之下丝丝清晰。

他们的血，都是黑色的。

她一个人站在天空之下，此时此刻，要死容易得很，只消她也死了，他们三个人的恩恩怨怨、是是非非，也就烟消云散，谁也不必痛苦了。

死，还是不死？

# 第十章

蜉
蝣

上玄醒来的时候，是在一辆正在奔走的马车里。

马车很大，身边还坐着一人，此时对他微微一笑，笑容十分清明隽秀。

那是白南珠。

他们都没有死。

那配天呢？

"配……"上玄急于开口，白南珠温言道："她正在赶马。"

"赶马？"上玄的嗓子仍旧喑哑，"做什么？"

"去少林寺，救曾家三矮。"白南珠仍旧言语温柔，"他们被大如关进了六道轮回。"

"为什么？"上玄大怒，蓦地坐了起来，却是一阵头昏眼花，"怎么回事？"

"大概是大如生怕他们知道些什么内情，所以将他们关入六道轮回。他们本是为你说情求救去的。"白南珠悠悠地道，"他们对你可是忠心耿耿。"

"少林寺！"上玄咬牙切齿，"不拆六道轮回，我誓不为人！"

"少林寺也不过遵令行事罢了。"白南珠柔声道，"可恶的是大如，他已经死了。"

"如今少林寺是谁当家？"上玄问道。

"如今少林是大如的师兄大善禅师主持，不过大善和大如之间究竟是何等关系，你我不得而知。"白南珠道，"单凭你我武功，要从六道轮回救出三人，应该不难。"

"你还能动手吗？"上玄低沉地问，"我听你气息紊乱，到时候莫连累了我。"

白南珠微微一笑："你担心你自己吧，桃花蝴蝶之毒配天已用蒲草解去，只是中毒日久，要恢复如初，只怕还要不少时日。"

"哼！"上玄森森地道，"总比还剩下不到三个月命的人好上那么一些。"

　　"你已昏迷八日了。"白南珠道，"一路上都是配天喂你汤水，你昏迷不醒，她担心得很。"

　　"那又如何？"上玄淡淡地道，"她爱的是你。"

　　"她……她……"白南珠突地闭上眼睛，深吸了口气，"你难道不能把她抢回去吗？毕竟她曾经爱过你那么多年，毕竟她仍是你的妻子。"

　　"就因为爱过那么多年，我始终不能给她需要的东西，所以心死的时候，特别彻底，不是吗？"上玄淡淡地道，"我始终说不出一句我爱她。"

　　白南珠笑笑："我不能给她幸福。"

　　"我也不能。"上玄决然截口，斩钉截铁。

　　"你是个好人，能不能给人幸福，只是你愿不愿意的事。"白南珠轻轻地道，"我是个坏人，就算想给人幸福，也是绝无可能的事。上玄啊上玄，你不聪明我不怪你，那或许是你的优点，但是你还不在绝路，怎么样也该拼命一点，为你自己想要的人努力一回。"他幽幽叹了口气，"说一句爱她不会很难，只消你拼了命让她相信。"

　　"就像你一样，拼了命让她相信？"上玄幽幽反问了一句，"为她假扮女人，为她杀人，为她爱的人杀人，你拼命做的那些事，我一样也做不到。"

　　白南珠没有回答，过了一阵，轻轻叹了口气，不再说什么。

　　马车颠簸起伏，车外持鞭的女子似乎没有听见半句马车中的对白，只凝视着远方，御马狂奔，仿佛借着癫狂的马蹄，就可以发泄一些什么，让她能平静些看那条通向少林寺的道路。

　　大如方丈死于白南珠手下的消息这几日已在江湖之中闹得
沸沸扬扬。大如虽然未见有什么丰功伟业，却也是堂堂少林掌门，
尤其以多才多艺闻名于江湖，惨死于白南珠手下，实在令人唏嘘。
何况江南山庄一战之后，世人皆知白南珠才是连杀百来人的真
凶，虽则听说他本是甘为卧底潜入官府，但之后倒行逆施，杀
人无数，早已化身为魔。此时听闻大如方丈又死在白南珠手上，
江湖中群情激愤，大有不杀白南珠誓不罢休的势头，与当时追
杀上玄大抵相类。

　　梨花溪。

　　容隐和聿修都在梨花溪休养，江湖中的种种消息都听说了，
两人都是淡淡一笑，对于近来发生的事，两人只交谈过一次。

　　"若换了是你，你会杀了他，还是救他？"聿修那日问容隐。
他所指的"他"，自是白南珠。

　　"杀了他。"容隐冷冷地道，"换了是你，你也一样。"

　　聿修点了点头，静了一阵，又道："但那人也颇有可怜之处。"

　　"可怜可杀之人。"容隐淡淡地道。

　　"他若不练'往生谱'，只怕真是个江湖侠客，真正的游
侠男儿。"聿修也淡淡地道，"'往生谱'害人无数，这门武功
才是最该死的东西。"

　　容隐默然一阵，缓缓地道："上玄是会救他的。"

　　聿修微微吁了口气："上玄不但会救他，还会舍身去救，他
本就是个十分冲动的性子。"

　　他看了容隐一眼，嘴角微勾："你不担心配天？配天和他们
在一起。"

　　"配天……"容隐眉头蹙了起来，"即使我把她留在身边，

也救不了她。"他淡淡看了聿修一眼，"你难道不明白？自己的事，只有自己做决断，世上没有谁能替谁选择一辈子。他们之中，无论谁生谁死，你我都不能如何。"

聿修一双眼睛明亮地看着容隐："你的意思是说他们之中，有人会死？"

容隐脸现冷笑之色，森然看着聿修："我的意思？难道你不是这么想的？"

聿修淡淡一笑："我只盼不是配天、不是上玄。"

"嗯！"容隐不置可否，闭目养神。


距离少林寺不过两日路程，上玄一行三人在嵩山脚下素菜馆休歇。这几日上玄的毒伤越发有起色，那蒲草的确药效神奇，却没有人告诉他那药是从华山崔子玉手上抢来的，且又带着四五十条人命。容配天惊人地消瘦下去。她勤力地赶马、洗衣、策划路线、选择客栈，尽心尽力地想尽快赶到少林寺，其余的事，她很少说，失神的眼睛也很少看上玄或者白南珠，偶尔呆呆地看着夕阳，不知在想些什么。

白南珠却生起病来，每日夜里二更，他就开始全身发抖，杀欲升腾，若不能让他杀死一只活物，他双眉之间的伤口就会裂开流血，望之犹如妖魔现世，且痛苦不堪。此时距离他二十五岁生辰尚有几个月，想到他要日日夜夜受这种煎熬，他身边的人要日日夜夜提心吊胆以防突然被发狂的白南珠杀死，连上玄也觉得，这根本就是种地狱般的日子。

但白天太阳升起的时候，白南珠便恢复如常，这种日夜变幻的日子，渐渐成了一种定式。上玄和配天如今都很明白，那些死得惨烈恐怖的人，究竟是在怎样的情形之下，惨遭毒手。

"毕竟是离嵩山近了，这里的素菜滋味不错。"上玄夹了一筷子青菜，嚼了一口，淡淡地道。

"确实不错。"白南珠道。

容配天默然，对于素菜的话题，她毫无兴趣："上少林寺救人，你们有什么计划？"

上玄闭嘴不答，白南珠微微一笑："冲进去，硬抢。"

"那危险呢？你们不考虑吗？"她轻声问，"要是受伤了、失手杀了人，还是死了，怎么办？"她毫不忌讳地说出"死了"两个字，就似已经麻木，没有半点感觉。

"我们不会死的。"白南珠柔声道。

"是吗？那就好。"她低声道，"那就冲进去，硬抢吧。"

"我们去就好，你在寺外等人。"上玄冷冷地道。

"我虽然不如你们天下无敌，少林寺的寻常和尚，我也不怕。"她仍是低声道，"既然要抢，就大家一起上吧。"说到"天下无敌"四字，她的语调很明显是讽刺的。

她的顽固和冷漠，再没有人比眼前这两个男人清楚，于是沉默。

她也沉默。过了很久很久，她长长地吁出一口气，幽幽地道："你们……真的不要死，好不好？"

然而一桌寂静，赵上玄和白南珠都没有回答，上玄持杯喝了一口茶，白南珠连眼睛都没有眨一下，就似他什么都没有听见。

绝望的气息，浓郁得让人窒息，她的眼里没有眼泪，眼泪在那大雨滂沱的夜里已经哭尽，眼中只有空茫和麻木。

要去救人的人，却没有一个想要活下来。

这一阵沉默，持续了很久。

"这样吧，今夜大家好好休养，明日日出之时，我们上少林寺。"白南珠忽而一笑，打破沉默，"今天的菜确实不错，你们都该多吃一点。"

自此之后，唯有碗筷之声。

夜里。

上玄照例来到白南珠的房间，将近二更时分，白南珠已经沐浴，长发披散，正对镜梳头。换了旁人，此时沐浴梳头可能有些奇怪，上玄却知他唯有在心中杀气勃发，无法抑制的时候方会沐浴焚香，而后对镜梳头。此时的白南珠危险至极，犹如箭在弦上，一触即发，无论是谁，一旦惹恼了他，刹那之间便会尸横于地，血溅三尺。

不知有多少人就死在这一瞬之间。

"出去。"白南珠目不转睛地看着镜中人，语气很平淡，若不是他双眉之间的伤口不住流血，也许谁也看不出来他身受怎样痛苦至极的煎熬。

上玄手指一挥，点中他肩头背后两处穴道，这些日子每夜上玄都会点住白南珠身上穴道，以免他发狂伤人，今日也不例外。尤其明日要上少林寺救人，他特地稍微来早了一些，以防意外。

"没有用了。"穴道被点之后，白南珠居然仍旧对镜梳头，仍能说话，语气仍很平淡，"最多不过二十日，我就控制不住了……"

"就连筋脉都已改变了？"上玄淡淡地问，"无论是分筋错骨或是点穴，都已对你失去作用？"

"除非你打断我的骨头。"白南珠突然一笑，"但你若想出手，在你出手之时我就能让你开膛破肚。"他的声音有些拔高，脸色自白皙渐渐变得充满红晕。

上玄淡淡地看着他，转身出门，"砰"的一声关上房门："你莫忘记配天爱的是你，她最恨人滥杀无辜，莫忘了明日你我还要救人就好。"

白南珠微微一震，脸上的红晕突然褪去，也许由于新浴之后的长发实在太黑太光亮，刹那间他的脸就如涂上了白垩，在出奇有生命力的乌发之下，灰败死气得像只已经死去多年的鬼。

今夜清澈纯净的月光之下，一个人静静地站在不远处等着，身影停止，她也有一头长发，也是刚刚沐浴，满身尚散发出淡淡的芬芳。

似乎……有什么话要说。

"配天。"他叫了一声，没有多看，就欲迈步从她身前离开。

"你……你……且慢。"容配天低声道，"我有话和你说。"

"你要我休了你？"上玄也低声道，这一句之中并无讽刺之意，他的语调很认真，也很悲凉。

容配天一怔，只听上玄淡淡地道："你要我休了你也可以，若你觉得定要做'容姑娘'才能和他在一起，要我休了你也可以。"上玄转过身来，看了她一眼，"你我虽然成婚多年，但真正在一起的时间……其实没有多少。这几年来，我不知珍惜，让你受尽委屈，对……对不起。"他道歉的时候显得很生涩，但表情很平静，似乎对此事已经想过很久很久，千言万语，如今只余寥寥几句。

"我……我……"她从未想过上玄会说出"休妻"二字，本以为自己早已麻木，刹那之间仍觉痛彻心扉，"我是想说……我是想说……我……"她喃喃重复，自己本想说些什么，却怎么也说不出来，头脑之中，一片空白。

"我真的爱你。"上玄低声道，"只是我不知道该怎么爱你，配天，我对不起你。"

"不……不……"她如中雷击，踉跄退了一步，脸色惨白，定了定神，"我想说……想说的不是要你休妻，我想说……"她颤声道，"我想说的是不管明日如何，不管你的朋友在少林寺中是生是死，不管我和南珠如何，你不要死，你不要想死，请你不要想死！"

上玄嘴角泛起了一个淡淡的嘲笑："怎么可能呢？"

她脸色苍白如纸，上玄指了指身后的房门："他也许只剩下二十日，你若有话，不妨多对他说。"言罢，他缓步就将离去。

"等一下！"容配天追上一步，"他的事，暂且莫提。我们……我们之间……我们之间……"她颤声道，"我想问你，这几年来，你是不是真的一直也想着我？"

上玄背对着她："此时说这些，有什么意义……是与不是，又如何呢？"

"我心里始终想不明白，你若真的在乎我，怎可以这么多年从不找我？就像我离开你之后，你仍然过得我行我素，半点不萦怀。"她低声道，"我一直等你来找我回去，一直在等……等到失望，而后绝望。"

"过得我行我素？"上玄淡淡地自嘲，"配天啊配天，我看不出来，你是个如此缠绵的女人。我以为你理智冷静，你选择要走，就绝对不会回来；何况我也放不下架子，去求你回来。"

"求我回来？"容配天满眼迷茫，幽幽地道，"是啊，我当初走的时候，以为自己真的能一走了之，永远不回家。但是……但是我越来越想你，想你一个人究竟如何，想我走了之后你会不会伤心难过，你若不难过，我……我就失望得很。"顿了一顿，她轻轻地道，"但你不但不难过，还投入了北汉军中当傀儡，我那时真的很气。你离开北汉军之后漂泊江湖，我……我到处找你，有时找到了你，跟在你身后，却又不敢见你；有时候找到了，第二天又失去了消息。你消沉落拓，我很痛心……"她喃喃自语，"你知道吗？"

"我不知道。"上玄突然充满怒火地反问了一句，"既然你如此想我，你为什么不回家？我不找你，难道你就不能自己回来吗？"

她全身一震，茫然失措地看着上玄。上玄的怒火渐渐散去，突然深吸了一口气。在那呼吸之间，她听见了哽咽……近乎哽咽的喘息，突然心中的压抑苦痛轰然碎裂，她猛然从背后抱住了他，双臂之间，是温暖的躯体，还有急促的心跳。

"放开我。"上玄哑声道。

"对不起、对不起、对不起……"她哭了，"当初是我要走，后来是我不回来，对不起……"她伏在上玄背上抽泣，"你放不下架子找我，我放不下架子回家，我们……我们……"

"放开我！"上玄用力抓住了她的手，"你不想回来就不要抱我，你……你不要忘了你爱他……"

她突然僵硬，上玄手腕一翻，用力将她往后推去，他的武功很高，只让她平平稳稳地退了两步——就这两步之间，已如相隔万年。

他们还是夫妻，但已是陌路。

你……你不要忘了你爱他……

"他……什么都没有了，只剩下我了。"她笔直地站在上玄身后两步，轻声道，"他其实不是个坏人，什么都失去了，连良心都失去……我……我爱他。"

"他本就从未得到过你。"上玄怒道，顿了一顿，他挫败地低头，"你是同情他！"

"我爱他。"她坚持。

"你……你……爱如何便如何，"上玄哑声道，"反正你我都不懂要怎么做才不会让对方伤心，你爱怎样便怎样，我不管你。"他大步离开，"从此时开始，你已不是我的妻子。"

反正你我都不懂要怎么做才不会让对方伤心。

从此时开始，你已不是我的妻子。

她的眼泪自眼眶中滑落，她不想听到这样的结局，不想看上玄离开。坚持要爱南珠，到底是真情真意，还是同情而已，她自己真的分不清楚、分不清楚……

很多年前，一个小女孩在赵丞相家的花园里遇见了一个小男孩，那个小男孩在花园里摔了一跤，小女孩大声笑他。小男孩很生气，说他将来是个王爷，小女孩说她将来会是个比王爷还厉害的，和哥哥一样厉害的女人。后来他们成了朋友，后来他们都习武了，后来他读兵马、她念诗书；他练剑、她弹琴，再到后来，他们携手私奔，自以为会在外边广阔的天地中，寻找到一片拥有亭台楼阁、翠湖花树的神仙境地，自以为离开了纷纷扰扰的京城，就一定会幸福。

但有些时候，幸与不幸，不在是否拥有神仙境地，而在他们彼此是否懂事，能否珍惜、爱护和尊重这份感情。

爱，就是在彼此需要的时候，能及时给予一些什么。那些东西、那些话、那些细枝末节或许根本不重要，只体现了那时那刻，她需要你的时候，你是否在意她。

所以到最后她被白南珠迷惑，到最后她对上玄绝望，她爱上了一个杀人无数、身败名裂的疯子。

身后的房间，窗户开着，一个人乌发披肩，静静地看着她和上玄，依稀听着他们的对话，已经很久了。

但为什么，听见上玄休妻，他没有高兴，反而有泪，自双颊之上流了下来？

第二日清晨，日出时分，少林寺。

六道轮回在少林寺后，嵩山山顶的一个洞窟之中。

洞内分有三恶道：地狱道、饿鬼道、畜生道；和三善道：人道、阿修罗道、天道。三善道是少林寺高僧修炼闭关的地方，曾家三矮和其他犯下大罪的江湖恶徒就关在三恶道之中。

三恶道有地狱道，其中有刀山火海，人都被锁在铁笼中，忍受高温炙烤，其下就是刀山。有饿鬼道，其中空空如也，五日一餐饭，人们身体瘦弱，匍匐于地，哀号之声响彻洞窟。有畜生道，其中遍养豺狼虎豹，人则吊于洞窟山壁上，底下猛兽横行，有些猛兽还会尝试上跃，啃食人肉。三恶道要说是地狱再现，毫不为过。

而曾家三矮就被关在三恶道中最后一道畜生道之中，所幸他们身材矮小，吊于半空比常人都短了一截，所以猛兽不住上跃，他们倒也不怎么害怕。

"听说这六道轮回，本是少林寺和尚自己修行用的，每一个要进十八罗汉的和尚，都要过这六道轮回，试验他们的胆量、武功、耐力还有佛性。"曾一矮叹气道，"只是大如做了方丈以后，十八罗汉变成了十八天魔僧，六道轮回也变成了杀人不眨眼的地狱。"

"老大莫说这些了，底下这些老虎狮子看起来身膘体肥，不知已经吃了多少死人，你看我们……能撑到什么时候？"曾二矮心惊胆战地看着底下走来走去的老虎，"这些老虎又生老虎，狮子又生狮子，还有老虎和狮子生出来的不知什么玩意儿，就算少林寺和尚日日来送饭，也总有一日因为兽多人少，被这些大猫活吞了。"

"你我被吊在半空中，就算我有一千条一万条妙计，也使不出来啊。"曾三矮怒道，"除非割断绑住我四肢的绳子……"

"割断绑住你四肢的绳子，你就掉下去了。"曾一矮道。

"那割断绑住我三肢的绳子，我就能用飞刀、毒针、袖箭把底下的大猫统统杀死……"

"胡说八道，飞刀、毒针、袖箭早已被少林寺和尚搜走了。"

"那我也可掰下石头砸死这些大猫！"

"你我的武功也早已被禁了……"

就在曾家三矮吵得面红耳赤，热火朝天之时，洞内被吊在另一边的一位黑衣人阴森森地道："你们三个矮冬瓜再说一句，我打断绳子让你们下去喂猫！"

曾家三人顿时闭嘴，噤若寒蝉。

那黑衣人姓翠，这是个很少见的姓，他叫翠稻，五年前，此人号称"翠刀凶神"，为江湖五凶之首。

"你们没有听见外面地狱洞的声音？"翠稻阴恻恻地道，"有人砍断刀山熄了火海，冲进六道来了。嘿嘿，我在此五年，第一次听到外面的声音，难道世上还有人能闯过少林寺的牢房，哈哈哈哈……"被囚禁在这里的人，却都管六道叫六洞。

他虽然在笑，却并没有什么笑意。曾一矮凝神静听，来人动作快得惊人，片刻之间，饿鬼洞里一片大哗，有人突破地狱洞，闯入了饿鬼洞。少林寺的追兵刚刚追到地狱洞，大声呼号正在收拾倾倒的油海，"当啷"之声不绝于耳，饿鬼洞中众人链铐齐断，和少林寺僧人对了一个正着，和尚们手忙脚乱，又要抓人、又要救火，场面一片混乱。

"嚓"的一声轻响，曾一矮突觉自己一轻，从洞壁上掉了下来，吓得他大叫一声，随即腰间被什么东西一缠、一绕，临空被带了起来，眨眼之间，已到了畜生洞口。曾一矮惊魂初定，抬头一看，来人白衣飘飘，容颜清雅，却是白南珠。

白南珠身后少林寺和尚十来人持杖追来，他回头一笑，和尚们竟纷纷止步，恍若在这妖魔面前，连清修的出家人都不免有畏死之心。

畜生洞下，豺狼虎豹突然齐声号叫，曾一矮急急回头，只见一头猛虎身上站有一人。那人骑虎纵上半空，一脚将老虎踢下，左右两手已抓住曾二矮、曾三矮的锁链，双臂一用力，精钢铁链应声崩断，曾二矮、曾三矮齐声大叫，两人双腿的铁链崩断，双臂还被吊在空中。骑虎人迅速在洞壁上一点，腾身而上，抓住两人头顶的铁索，"当"的一声，手臂粗细的铁索应声断去，曾二矮、曾三矮顿时从半空摔下，哀号之声凄厉无比。

"啊啊"之声未绝，只见白影一闪，白南珠起身接人，曾家二矮虽然身材矮小，却并不瘦，而且身带铁索摔下，分量可想而知。但白南珠双手接二人，举重若轻，一个抢手，两人双双飞向洞口。而此时方才的骑虎人已经跃下，正落在洞前，那人自是上玄。

这两人突破六道轮回势如破竹，眨眼之间连过三洞，救出了曾家三矮。

但入洞容易出洞难，就在赵、白二人救人之时，少林寺数百僧人已将洞里洞外围得水泄不通，就在上玄跃回畜生洞入口的时候，大善方丈已经赶来："阿弥陀佛，两位施主且慢。"

"老和尚，我等不过入洞救人，并无伤人之意。"上玄淡淡地道，"你莫挡路。"

"阿弥陀佛，曾家几位既入我六道，就不可生还，若让施主救出，岂非我少林无能？"大善方丈并未说客套话，"这位白施主本也是我寺六道将要请入之人，既然来了，我寺为武林安危，也绝无放走之理。"

"说来说去，老和尚一心只为你少林寺的名声！"上玄冷冷地道，"让开！老和尚不拜佛念经，一心争强好胜，日后圆寂不知有何面目去见如来佛祖。"几句话下来，他已知大善和大如乃一丘之貉，多半就是同谋，今日不杀白南珠和自己，大善绝不罢休。

"拿下！"大善一声令下，"当"的一声畜生洞口落下一道精钢闸门，顿时将上玄几人关在洞中。

上玄脸现冷笑，"衮雪"功起，"轰然"一声，精钢闸门从中破了一个大洞，钢骨扭曲向外张扬。大善变了颜色，要将这两人困住，实在难若登天！他低声向身边和尚说了几句，几个小和尚转身离去，上玄看在眼中，难以猜测是什么事，但多半不是什么好事。他拆去曾家三兄弟身上的铁索，提起其中二人，大步自洞内走出，昂首挺胸，面对大善，怡然不惧。

白南珠提起曾一矮，微微一笑，也自走出畜生洞。眼前少林寺数十和尚，在他眼中视若无物，他微笑问道："杀，还是不杀？"

上玄冷冷地道："你再杀一个人，我杀了你给他报仇。"

白南珠早已听惯上玄如此威胁，也不生气，只是笑："那要如何？"

"一、二、三，硬闯！"上玄一声令下，两人闪电般抢出，眼前少林寺僧人纷纷招架，却在顷刻间被打开两条道路，很快，两人冲出畜生洞，到了饿鬼洞。饿鬼洞远比畜生洞开阔，不过片刻，几人已到了地狱洞口。

虽然上玄和白南珠武功高强，但如此轻易闯出六道，也知是少林僧故意放水。莫非大善、大如的所作所为，寺中也有觉察？还是诱敌之计？

两人不及多想，很快冲出了六道洞窟。容配天就在洞口等候，她自知武功不及，不敢跟入以免成为累赘，此时两人一掠而出，三人相聚，四下一张望，的确没有伏兵，就待跃起，带曾家三矮冲出少林寺。

"当当当"，少林寺钟声大作，千年古刹，钟声敲响之时，一股庄严自重的气息弥漫全寺，乃至嵩山上下，一片肃穆。

上玄一怔，容配天一呆，白南珠轻轻地"哎呀"一声。

鸣钟之后，只见遥遥寺门、树林之中，有些旗帜露了出来，有武当，有江南山庄，也有青龙、白虎旗，不下数十种。

"少林寺今日，竟正在召开武林大会。"白南珠轻轻叹了口气，"他们听钟声入山，你我此时下山，定会撞上。"

"大如放下消息说曾家三矮被困六道轮回，只怕也是诱敌之计。"上玄冷冷地道，"他早已安排好今日之事，用心只在除去你我。"

"呵呵……少林僧，我自是不怕，但此时山下武林同道数以千计……"白南珠悠悠地道，"就算天下无敌，又怎么敌得过一个江湖……"

山下各种颜色的人群缓缓上移，在少林僧的指引下，慢慢在六道洞窟外围成了包围之势。大善带领少林僧自洞后走出，脸色不变："阿弥陀佛，两位施主擅闯六道轮回，妄图救人，万幸各位及时赶到，方不致让这两位施主逃脱。"

"谁不知少林六道轮回乃武林正义最后一线，白南珠竟敢闯入救人，实该千刀万剐！"

　　武当山清和道长却道："方丈今日邀约，难道不是商谈华山派惨遭灭门一事？"

　　"正是。"大善道，"华山派惨死'玉骨'神功之下，定是眼前二人其中之一所杀，说不定，是两人一起动手。大家亲眼所见，这两人同流合污，本是同党。"

　　清和道长一怔，便不说话。各门派一阵哗然，议论纷纷。早已听说杀人恶魔白南珠，亲眼所见之下，此人清雅温和，似乎不见得如何凶残可怕。

　　"怎么办？"容配天低声问。

　　"闯！"身边两个男人同声道，三人相视一笑，将曾家三矮往旁一推，纵身而起，往人群之中冲去。

　　"啪"的一声，上玄先对上了清和道长，清和只是虚晃一招，随即让路。上玄低声道："少林寺……和朝廷勾结……"

　　清和亦低声道："少林寺只是大善、大如和朝廷往来，此事我已知晓。"

　　上玄点了点头："道长清醒。"

　　"是'白发''天眼'清醒，非我之功。"

　　上玄已抢出清和身边，闻言深深一叹，闯了出去。

　　白南珠往东方闯去，他下手比上玄狠辣得多，袖风一拂，便有人惨呼，受伤倒地。眼见他如此威势，不少人闻风丧胆，白南珠还未攻到眼前，已有人望风而逃。容配天跟在白南珠身后，白南珠势若破竹，片刻之间连过五人，冲出了一条道路。

　　此时日正当中，少林寺松林清风之中，夹带了浓郁的血腥味，白南珠突然打了个冷战，望了一眼身后倒地惨呼的伤者，眼里流露出难以言喻的神色，手下一缓。

容配天低声问道："南珠？"

白南珠掌风大减，额上突然涌出了冷汗，容配天大吃一惊，一扬手击退他面前的敌人。"南珠？南珠？"

白南珠的脸色一连数变，眼中神色也变幻莫测，骤然一抓，在身侧一人脸上抓出五道血印，那人仰天摔倒，一声惨叫都未及发出，已倒地而亡。容配天变色叫道："白南珠！"

白南珠一招杀人，再也难以忍耐，一个旋身，又有五人飞摔出去，眨眼之间死在他手下的已有八九人。上玄大吃一惊，骤然掠来，怒道："白南珠，住手！"

白南珠眼中黑瞳扩散，神情变得十分诡异，手腕一翻，一招"玉骨晶晶"往上玄颈上扣去，嘴边犹带诡异笑意，和他平时清雅温和的模样浑然不同。上玄招架反击，心下骇然——这就是——这就是那杀人如麻的恶鬼！众人心里大奇——这两人怎么打起来了？

"大家亲眼所见，这就是'南珠剑'的真面目，如此江湖妖孽，不除不足以正天下！"大善遥遥呼吁。人群将白南珠和上玄二人团团围住，谁也不敢轻易上前，心里均想若非上玄将他挡下，谁惹得起这妖孽？

片刻之间，两人已过了百招，上玄本不是白南珠敌手，堪堪打到百招，上玄步步败退，形势岌岌可危。容配天冲上去相助，但武功差得太远，被白南珠掌风逼开了去。眼见白南珠一掌拍向上玄胸口，上玄已无法抵敌，她大叫一声，往后抱住了白南珠的腰，用力后拖。

"啪"的一声，她倾身一抱的力量微不足道，只觉身侧微风掠过，她便被白南珠带着往前去了……而前面，是上玄的胸口。

一人颓然倒下。

白南珠的攻势停住了。

这一瞬间，也许整个江湖，都看着那倒下的人。

那人是从旁边冲了出来，挡在上玄胸前的。

那人很矮，打向上玄胸口的一掌，拍在了他脸上。

但挡在上玄胸前的人，不止一个，他只是第一个。

容配天惊骇莫名地看着满脸悲壮的曾一矮、曾二矮，那倒地死去的，正是曾三矮！

上玄也是惊骇莫名："你……你们……"

"我三人欠你六条命，如今已还了你一条。"曾一矮低声道，突然放声大哭，"老三！老三！"

"我之生死，微不足道，你们……你们……"上玄对着曾三矮跪了下来，喃喃地道，"是我欠你们一条命……"

白南珠麻木地看着眼前的生死，不知为何，他没有再动。容配天牢牢地抱着他，面对满地尸骸，她无言以对。

"哇……哇哇……"在这突然的寂静之中，有个婴儿哭泣的声音响了起来，哭得撕心裂肺。

受惊的人群纷纷转头，在一个小和尚的带领之下，一个白衣女子怀抱婴儿，姗姗来到人群之前。她面对白南珠，竟不害怕，缓缓地道："你可知我是谁吗？"

自杀死曾三矮后一动未动的白南珠缓缓摇头，容配天越发将他抱紧。

"我是千卉坊坊主夫人，这是他的遗腹子。"白衣女子道，"我夫君生平未做一件坏事，却为你所杀。你杀我满门，令我家破人亡，留下这遗腹子，你叫我一介女流无依无靠，要如何活下去？死者死矣，只有活着的人才会受那无尽的痛苦，你不如将我母子一起杀了，小女子感激不尽。"她出身大家，说话文质彬彬有条有理，话中内容却让人不寒而栗，若非心死，一个初生婴儿的母亲，怎会说出这等话语？

"哇——哇——"那婴儿越发哭得声嘶力竭。

白衣女子面容平静，既没有恨意，也没有怜惜孩子的母性，只是怀抱着，等着白南珠动手。

白南珠的嘴角微微动了一下，说了一句话出来，众人寂静无声。

他说："配天，我方才又杀人了吗？"

容配天道："不错，你杀了十人。"

对白之间，都似麻木到了十分。

"这位夫人，"白南珠紧绷的身体缓缓松弛下来，他似乎感觉到了容配天的拥抱，轻轻地道，"杀了你一家五十几人，我……我十分抱歉。"此言一出，人群中一片鄙夷嗤笑，白南珠却仍说了下去，"但不管遭遇到怎样的不幸和痛楚，你都该活下去，因为你有孩子。"

那白衣女子微微一震，婴儿越发哭得惊天动地。

"你还不在绝路，你有孩子……我也曾幻想过，有一日会娶妻生子，在一处江南小镇成家，我可以教书种田，她可以弹琴刺绣。"白南珠轻轻地道，"你还有孩子，有孩子，就有梦想。"

"这孩子活下去，也只有仇恨。"白衣女子平静地道，"身负灭门之恨，他怎会平安快活？"

"仇恨……"白南珠喃喃地道，"夫人，你想杀我吗？"

"想。"白衣女子斩钉截铁地道。

白南珠自地上拾起一把长剑："白南珠引颈待戮。"

白衣女子手持长剑，毫不犹豫，一剑往白南珠胸口刺下。

"当"的一声剑断，白衣女子呆了一呆，方才断剑之人，是上玄。

　　"谁也不许杀他！"上玄怒道，"他……他……"他为江湖付出许多，他为江湖的自由和正道，付出了一个人所能付出的一切！他怎能落得……这样的下场？

　　"他什么？他杀我夫君杀我女儿杀我父母，他放火烧毁千卉坊，他若不该死，天下何人该死？"白衣女子喝道，"如此杀人放火的恶贼，你也要救？"

　　一滴眼泪，无缘无故自白南珠眼中落下，就如从前一样，没有人知道，他在哭些什么。只听他温柔地道："配天，和你在一起的时候，是我一生最快活的日子。"

　　"那时候……也算快活吗？"她凄然问，"那时候我不爱你。"

　　"不管你爱不爱我，我爱你就好。"他柔声道，"那时候，我还有梦想，想过等这件事结束之后，我带你去找他……你们和好如初，像从前一样，相亲相爱地在一起。"

　　那"像从前一样"五字，深深地刺痛她的心，那已是一场幽梦。"你就没有想过，你和我的将来？"她颤声问。

　　"当然有，想过有一天，你为我生个孩子，我们就在密县桃林隐居，每年桃花开的时候，我带你们去看桃花，我为你吹箫，你为我弹琴……"白南珠轻轻地道，"桃花瓣就像下雨那样下着……"

　　众人听着他不知所云的叙述，虽然不知道他在说些什么，却知他也有一腔深情，也有常人所有的梦想。

　　"夫人，不要告诉你孩子我做的事，你的孩子将来也会有梦想，他的梦想，就是你的梦想。"白南珠轻轻地道，"捂住你孩子的眼睛，好不好？"

听闻此言，容配天全身颤抖，紧紧抱住了他的腰。

"配天，到上玄身边去。"白南珠语气温柔，"你去吧。"

"我不去。"她低声道。

"我是必死之人，我是个疯子。"他柔声道，"也许什么时候，连你也杀了。"

"我不去。"

"你……你所做的一切，难道就是为了今天在这里……在这里自尽吗？"上玄突然大声道，"你以一人之力，救了整个江湖，你……你怎么能死？你为配天做尽一切，难道就是为了今日在这里死吗？"

白南珠抬眼看了他一眼，眼神里居然有点笑，他喃喃地道："世上也只有你，仍然记得那些……"

"你对江湖有恩！你……你……"上玄的声音哑了，"你对江湖有恩……"

白南珠缓缓地道："过去的事……不必再想它了，有你记得，我已感激。"他对白衣女子微笑，"捂住孩子的眼睛。"

白衣女子慢慢抬手，捂住了婴儿的眼睛。

白南珠探手自怀中取出半截断刃，容配天认得那把断刃，是她划破他颈项的那把，没有想到，那日他立的死志，原来从未放弃，直到如今。

"噗"的一声轻响，那把断刃插入白南珠的心口，只听他悠悠地道："世事一场乱麻，人生不堪回首……若有来生……"一言未毕，闭目而逝。上玄号令朝廷捕快于八月追捕此人，他却未能活到八月，就此死去。

"世事一场乱麻，人生不堪回首？"上玄闻言大震，少林寺僧人中起了一阵喧哗，甚至江湖门派之中，也有人议论纷纷。

容配天却不管旁人在说些什么，怀抱着尚有体温的白南珠，轻轻地抚摸那断刃剑柄，剑柄冰凉，血液温暖。她蓦地把剑拔了出来，众人一齐看见，有件东西，随着剑刃一起被拔了出来。

那像是一张薄纸。

上玄轻轻抽出那张纸，缓缓展开，那是一张人皮面具，半张脸涂满胭脂，半张脸涂满白垩。他的手在颤抖，这个人……这个人原来就是……

"无量寿佛，难道白南珠也是近来江湖中救人无数的那位隐侠红白脸？"清和道长大步走了过来，"善哉善哉，此人所作所为，是是非非，实在让人难以辨认。"

容配天勾起嘴角轻轻一笑，低声道："他总有许多张脸，许多侧面，总有许多事瞒着我……永远不肯让人知道……谁也不知道他其实又做了些什么……"她喃喃地道，"他究竟是个什么样的人，也许永远没有人知道。"她手握那柄染血的断刃，上玄陡然警觉："你要做什么？"

一言未毕，她回刀刺向自己胸口，上玄手疾眼快，半途截住，但容配天死志坚决，断刃洞穿他的手掌，直刺心口，"噗"的一声，刺入三分。

三分，已足够了。

她面带微笑，缓缓倒在白南珠身上，依偎入他怀中，上玄的手掌连同断剑一起贴在她胸口。她轻轻地道："我一生……没能给你什么，到最后……刺你一剑……如有来生……来生……"她没有说完，就此静止。

"配……配天。"上玄踉跄倒退两步，难以置信地看着她——她死了！她死了！

她怎么可能会死？

她怎么可能真的和白南珠一起死?

她怎么可能真的爱他?

他怎么可能真的……永远失去她?

如有来生……如何?

如有来生,你是选择爱我,还是爱他?

那日之后,依稀又发生了许多事,但上玄,已全然不知。

# 第十一章

# 旧事

"忆梅下西洲，折梅寄江北。单衫杏子红，双鬟鸦雏色。西洲在何处……"

《西洲曲》年年有人在唱，这一年，距离那一年，又已是多年。

上玄在西湖之上又听见了这曲子，那是个采莲女子，很清脆地唱着，歌声如莲子一般清新。

"啪啪啪"一连三声水响，有个人在他身边掷水漂，一片树叶被他掷出去很远，那人笑吟吟地托腮问："想哭了吗？"

上玄"哼"了一声，不答。

"想哭就哭吧，想当年容容听说配天出事的时候，还不是一样红了眼睛，像兔子一样。"

"我又不是容隐。"

"如果不是本少爷及时赶到，出谋献策，你肯定也已经自杀了，救命之恩，一定要报答我！一定一定要报答我！快点哭两滴眼泪给我看！快点！"那人衣袖一抖，一把金边折扇在手，往上玄头上敲去，"快点哭！"

上玄恼羞成怒："圣香！"

"啊啊，你敢对本少爷不敬，本少爷就不带你去找降灵，找不到降灵你就见不到配天见不到白南珠……"

"你敢！"

"我为什么不敢？"

# 后 记

　　紫极舞整整写了半年，其间发生了很多事，但这篇文的初衷，从开篇的时候就没有改变过，那就是这是一个悲剧。

　　上玄和配天的组合，我想了很多种可能，但无论如何去想，都是悲剧。

　　他们的性格太强，半点不肯为彼此让步，所以注定是要分手的。

　　我喜欢的角色是白南珠，他是一个很复杂的人，有救世主精神的侠客、为爱情疯狂的男人、不择手段的枭雄、单纯善良的孩子、温柔斯文的书生，甚至娇美多情的女子，各种各样的人物的侧面他都有一点，就像戴着彩绘面具的舞者，一层层脱下，一层层改变，到最后仍旧不知道他的真面目到底是什么。我努力地尝试，但不知道自己究竟表达清楚没有，不知是不是会让读者产生混乱，觉得这个人物很不清晰。

　　"九功舞"终是完结了，《紫极舞》显然比《香初上舞》更像武侠一些，但骨子里它仍然是个言情故事。

藤萍

2006-06-11

夜

# 再次后记

  我把这篇文看完以后，不记得是什么初衷让我写了这么一个扭曲又复杂的故事。《紫极舞》是在《香初上舞》之后写的，在写《紫极舞》的同时或之后，我写了《莲花楼》。从成文的时间，我看见了我自己文字的路，《香初上舞》还踩着华丽辞藻与美丽人物的边缘，《紫极舞》强烈地受到了《笑傲江湖》的影响，往武侠正剧方向扭转了一下，但我终不够大气，内心三观也不怎么端正，成文以后发现这并不是适合我的路，最终扭向了《莲花楼》的方向，大抵蠢萌才是真我。

  我并不知道如何将这么一个故事修改得更流畅和完美，从写文伊始我就不是一个合格的言情作者，以至于整个"九功舞"的人设过程中一直非常不甘心——二十岁的时候认为这些漂亮好看的男主角的人生不应该只用来谈一场要生要死的恋爱，他们应该拥有自己更大更广阔的世界，有江河湖海，层峦叠嶂；有春夏秋冬，长河落日；有正邪善恶，是非纠葛；有权谋兵马，江湖恩怨。写到《香初上舞》的时候我终于忍不住给圣香安排了这样一个世界，当然那时候我非常幼稚，专注于人设，在情节与逻辑方面一塌糊涂。二十四岁的我尽我所能给了圣香一个更为广阔的世界，但写过之后反思，二十五岁的我对《香初上舞》很是失望——我想把它写成一个武侠正剧，然而我只是把它写成了一个武侠漫画，还是少女风的。

  怀着对"武侠漫画"的不满，二十五岁的我写了《紫极舞》，是尽其所能的"正剧"了。我写完之后发现借了太多的力——纵然我是如何喜欢武侠和羡慕传统武侠里的那个世界，但终究没有支撑起一片山河的笔力，只写出了这样一个《紫极舞》。

在这个故事里，容配天和上玄的爱情是对不上的齿轮，他们相爱，但并不开心。他们拒绝沟通，把自己假想中的对方当作情人也当作敌人，但事实上，对方也许并没有想象的那么令人失望。在现实生活中，感情令人伤心欲绝的往往不是生死，而是细节。二十五岁的藤萍写这篇文的时候最爱白南珠，背负着痛苦不择手段放不下求不得活不下去的魔化情圣最有爱；三十五岁的藤萍翻看这篇文的时候，看见的是容配天和上玄这对怨偶，其实他们之间并没有什么痛苦，一切痛苦都是臆造的，源于埋怨和失望，源于彼此不肯好好说话。当年写这对怨偶的时候，自然是为了让"白小三"南珠有插足的余地，但如今看看，十年光阴流水而过，有多少情侣、朋友分道扬镳，只是因为把对方想象得很坏？在对彼此失望之前，有没有扪心自问一句："他真的有这么坏吗？"大部分是并没有吧？世界没有那么灰暗，总是喊着绝望的、令我们绝望的是我们的想象。

像白南珠这样的主角如今在我看来是必须划上一个巨大的"×"的，这不该是一种值得宣扬和美化的形象。他真正的面目是一个凶手，无论戴上怎样美丽的面具，无论戴上几层，即使他的灵魂有一部分是晶莹美好的，都无法掩盖这点。年轻的时候喜欢激烈的感情，在生死和人伦中挣扎，越是凄厉痛苦越是喜欢，忽略了小说本身对年轻人起的教化作用。有很多读者年纪太小，三观还没有完全形成，如果把这种主角视之为美，且不以为他的行为有错，那该是多可怕的事？我大概就是一个极其平庸，难以特立独行的人，写了一个自己认为错的主角，便总不能放心，担心有人觉得他没错。白南珠是美的，但必是要抓起来枪毙的，当年我太年轻把他写得太美，如今后悔不迭。文字和人物本身有灵魂的力量，当然我也不会排斥有人和我当年一样就是喜欢这样的人物，但生活已是如此忙碌烦杂，我希望我看见的文都能给我温暖与快乐，也希望我的文能给大家温暖与快乐。像白南珠这样冰冷扭曲又黑暗残暴的病娇，我日后大概不会再写作主角啦。

特别正直的藤萍

2016 年 6 月 1 日 夜

**图书在版编目（CIP）数据**

紫极舞 / 藤萍著 . — 南昌：百花洲文艺出版社，
2017.4

ISBN 978-7-5500-2105-1

Ⅰ . ①紫… Ⅱ . ①藤… Ⅲ . ①言情小说－中国－当代
Ⅳ . ① I247.5

中国版本图书馆 CIP 数据核字 (2017) 第 026403 号

---

| | |
|---|---|
| **出 版 者** | 百花洲文艺出版社 |
| **社　　址** | 江西省南昌市红谷滩世贸路898号博能中心20楼　邮编：330038 |
| **电　　话** | 0791-86895108（发行热线）　0791-86894790（编辑热线） |
| **网　　址** | http://www.bhzwy.com |
| **E-mail** | bhz@bhzwy.com |

| | |
|---|---|
| **书　　名** | 紫极舞 |
| **作　　者** | 藤　萍 |
| **出 版 人** | 姚雪雪 |
| **出 品 人** | 刘运东 |
| **特约监制** | 肖　恋 |
| **责任编辑** | 胡志敏 |
| **特约策划** | 肖　恋 |
| **特约编辑** | 李改华 |
| **封面设计** | Abook阿茜 |
| **经　　销** | 全国新华书店 |
| **印　　刷** | 三河市南阳印刷有限公司 |
| **开　　本** | 1/32　880mm × 1230mm |
| **印　　张** | 8 |
| **字　　数** | 179千字 |
| **版　　次** | 2017年4月第1版 |
| **印　　次** | 2017年4月第1次印刷 |
| **定　　价** | 32.00元 |
| **书　　号** | ISBN 978-7-5500-2105-1 |

赣版权登字：05-2017-45